지금 가장 소중한 것은

________________ 님께

너와 나를 위한
마음챙김

강은교 시인과 함께 하는 33인의 신춘문예 당선작가 시인, 소설가,
32인의 일러스트레이터, 9인의 어린이작가의 코로나시대 문학과 그림

지금 가장 소중한 것은

청어출판

- 서시

멀리 있는 연인에게…… 다섯째곡조

강은교

멀리 있는 연인에게 이메일을 한다

너는 참 아프구나
네가 아프니 내가 아프고
내가 아프니 또 네가 아프고

멀리 있는 연인에게 이메일을 한다

너는 선물이었다, 푸른 창문으로는 키 큰 가로등이 잔뜩 고개 숙이고 서 있는 밤, 어둠을 가르며 오는 너의 초록빛 노래는 횡재였다, 인생에는 가끔 횡재가 있지, 비단 사다리가 하늘에 드리워 있거나 그래서 라푼젤처럼 그리로 올라가 보거나 할 수 있는, 대박, 대박

아픈 한 손이 이메일을 여는구나
아픈 두 손이 이메일을 여는구나
아픈 세 손이 이메일을 여는구나

멀리 있는 연인에게 이메일을 한다

한 계단은 두 계단에 안겨 있고
두 계단은 세 계단에 안겨 있다
이메일은 흰 빵처럼 부풀어오른다
네가 아프니 내가 아프고
내가 아프니 또 네가 아프고

멀리 있는 연인에게 이메일을 한다

너는 아픔 속에서
기쁨의 첫울음을 울었다
너를 만나 떨리는 저 대기

연인이여
길고 긴, 아름다운 속눈썹이여, 빰이여

가장 넓은 길은 네 허리 속에서 출렁인다

너는 선물이었다

강은교 시인

연세대학교 영문학과 및 같은 학교 대학원 국문학과를 졸업했으며, 1968년 〈사상계〉 신인문학상으로 등단했다. 시집 《허무집》, 《풀잎》, 《빈자일기》, 《소리집》, 《붉은 강》, 《오늘도 너를 기다린다》, 《벽 속의 편지》, 《어느 별 위에서의 하루》, 《등불 하나가 걸어오네》, 《시간은 주머니에 은빛 별 하나 넣고 다녔다》, 《초록 거미의 사랑》, 《네가 떠난 후 너를 얻었다》, 《바리연가집》, 《아직도 못 만져본 슬픔이 있다》 있다. 그 밖에 산문집 《젊은 시인에게 보내는 편지》, 《무명 시인에게 보내는 편지》, 《추억제》, 《그물 사이로》, 《잠들면서 잠들지 않으면서》 등이 있다. 한국문학작가상, 현대문학상, 정지용문학상, 유심작품상, 박두진문학상, 구상문학상 등을 받았으며, 현재 동아대학교 명예교수이다.

차례

2부

마음은 더하고 사랑은 나누며

3부

다시 힘을 내요

일러두기

우리 모두는 저마다 삶 속에 이야기와 기억할 만한 장면들을 간직하고 있습니다. 특히 어려운 이 시대에는 여러 가지 힘든 일들로 마음의 평정도 잃었을 것입니다. 그 일은 아직 끝나지 않았어도, 잠시 문제들을 내려놓고 "나"를 추스르는 시간이 되었으면 합니다.

〈지금 가장 소중한 것은〉에는 강은교 시인과 신춘문예 당선작가 시인과 소설가 33인이 시, 소설, 에세이 등으로 우리시대의 이야기와 마음을 담았으며, 32인의 일러스트작가와 9인의 어린이작가가 그림으로 상황과 장면을 표현했습니다. 글과 그림을 읽고 보면서 공감하고, 소통하는 중에 힘든 문제를 근본적으로 해결할 수는 없을지라도, 작은 용기와 힘은 얻어지리라 생각합니다.

여러 작품들 여백에 독자가 채울 수 있는 공간을 마련하였습니다. 슬픈 일이나 기쁜 일…, 기억하고 싶은 것들을 기록하며 마음을 표출하고 마음을 챙기며 잠시 쉬어 가시기 바랍니다. 충전의 시간이 될 것입니다.

1부

그래요, 우리

누구하고라도, 밥이나 한번 먹자고 해볼 걸

악수하며 가볍게 포옹이나 해볼 걸

아니

뜨겁게 키스라도 해볼 걸

아, 목숨 걸고 사랑해 볼 걸

송경혁

마스크빌런의 하루 (소설)

청주에서 태어나 한국교통대학교 토목공학과를 졸업하였다. 이후, 문구회사에서 십여 년을 근무하다 퇴사했다. 브릿G에 '달총'이라는 필명으로 소설을 쓰고 있다. 2020 경상일보 신춘문예에 소설 《까치》가 당선되었다.

코로나라는 긴 터널을 지나고 있다. 매일 사망자가 발생한다. 학생들이 몇 달간 학교에 가지 못했다. 매출이 한 푼도 없는 날이 이어져 빚에 쫓기는 자영업자가 있다. 요양원에 누운 부모를 몇 달째 보지 못하고 있는 자식이 고개를 떨군다. 힘내라는 말조차 조심스럽다. 그러나, 이 또한 지나갈 것이다. 웃을 수 있는 날이 올 것이다. 그때는 참 힘들었다며 회상하는 날을 기다린다.

김준건

희한한 꿈(그림)

그림 그리면서 놀고 놀면서 일하고 일하면서 그림 그리는 청년입니다. 군대 전역 후 열심히 모은 돈으로 산 태블릿이 제 놀이에 함께한 게 4년이 넘어갑니다. 즐겁기만 한 그림 그리기가 힘들 때도 있고 가끔 흥미를 잃기도 하지만 어느 순간 다시 태블릿이랑 놀고 있습니다.

코로나바이러스 때문에 힘든 요즘! 더 나은 내일이 있기를 바라며 조금만 더 힘을 냅시다! 이 책을 읽는 모든 이들에게 좋은 일들이 가득하길!

마스크빌런의 하루 (소설)

송경혁

미세먼지는 극성을 부렸다. 매년 미세먼지 농도의 최고치를 경신했다. 20년만 지나면 화성탐사를 할 필요도 없다. 그때쯤이면 미세먼지 때문에 지구가 화성화될 게 분명했기 때문이었다. 그러나 2020년이 되자, 내 예상과는 달리 십수 년간 대기를 점유했던 미세먼지가 사라졌다. 누군가 맑은 날이 이어지는 스위치라도 철커덕 켠 듯했다. 그 스위치는 록다운이었다. 록다운이 몇 번 반복되자 하늘이 맑아졌다.

화요일 오전. 나는 식탁 의자에 앉아있었다. 어제도 앉아있었지만, 아니 사실 매일 앉아있다. 화요일은 그나마 덜 지루한 날이었으므로 굳이 기록해 본다.

내가 사는 아파트는 산에 둘러싸여 있다. 근처에 식당도 없다. 물건을 사려면 한참을 걸어 나가야 한다. 동네 주민들은 우리가 숲세권에 사는 것이라고 했다. (산속에 있는 아파트라고 하면 사람들이 화를 낸다) 지리적 환경이 그러하다 보니, 집에서 쉬는 날이면 음주 행위 말고는 딱히 할 일이 없었다.

그날도 나는 맥주 한 캔을 테이블 위에 내려놓고는 거실 창을 통해 하늘을 감상하고 있었다. 파란 하늘이 기분 좋게 펼쳐져 있었다. 하늘이 유난히 맑았다. 힘들면 하늘을 보라는 시도 있고, 노래도 있고, 광고도 있었다. 그러니까 하늘을 보는 건 본능인 모양이다. 나는 힘든 날이 많은 사람이었으므로 자주 하늘을 보게 되었다. 그러다가 아예 따로 시간을 내어 하늘을 보는 지경에 이르게 되었다. 그렇게 멍하니 계속 하늘을 바라보고 있으면 평소에 보이지도 않던 것 때문에 신경이 거슬리게 된다. 이를테면 창문에 덮인 먼지라든지, 창문에 흐른 물 자국, 창문의 투명도 같은 것. 그러니까 창문 말이다. 저것을 어떻게 하지? 10층이라 나가서 닦을 수도 없고…. 순간, 맞은편 아파트 같은 층의 창문이 열리더니 사람 하나가 튀어나온다. 나는 본능적으로 전화기를 집어 들었다. 그는 몸을 창틀에 반만 걸쳤다. 그러더니 밀대로 창문 바깥을 문지르기 시작했다. 나는 안도하며 집어 들었던 전화기를 다시 내려놓았다.

재택근무자가 늘었다. 집에 머물고 있는 사람이 나 뿐은 아니었다. 그래서 유리창이 더럽다고 생각하는 사람도 늘어난 모양이다. 덕분에 앞 동 같은 층에 누가 살고 있는지 알 수 있었다. 당연히 나는 창을 닦는 그를 응원했다. 우리집 창문을 닦는 것도 아니었지만 내 속이 다 풀렸다. 다만, 나는 저렇게 위험을 감수하며 유리창을 닦을 자신이 없었다. 나는 좀 더 쉬운 방법을 택했다. 하늘을 보기 위해 밖으로 나가기로 했다. 나가는 김에 재활용 쓰레기들을 챙기는 것도 잊지 않았다.

쓰레기를 버릴 때도 조심스럽다. 분리는 확실히. 에코백에서 재활용품을 꺼낸다. PET 병과 맥주캔, 그리고 맥주캔, 맥주캔. 아니 맥주캔이 이렇게 많았던가.

"저기 아저씨, 마스크 안 써요?"

누군가 뒤에서 물었다. 나는 휙 하고 뒤로 돌았다. 청소하시는 분이었다. 나는 화들짝 놀라 턱을 만졌다. 맨살이 만져졌다. 마스크를 쓰지 않고 나온 것이

다! 잠시 잊고 있었다. 세계에 역병이 퍼졌다는 사실을. 병에 걸린 사람들은 고통으로 몸부림쳤다. 그들의 몰골은 말이 아니었다. 사람들은 자신과 가족을 위해 마스크를 썼다. 마스크를 쓰지 않으면 벌금이 부과되기도 했다.

나는 도망치듯 쓰레기분리수거장을 벗어났다. 엘리베이터를 타는 것도 위험했다. 계단을 뛰어올랐다. 현관문을 벌컥 열고 집으로 들어와 참았던 숨을 와라락 내쉬었다. 나는 왜 그랬을까. 내가 가장 싫어하는 짓을 내가 하다니! 거의 삼십 미터 높이를 뛰어 올라왔더니 목이 탄다. 냉장고를 열었다. 맥주가 없다. 손이 조금 떨리는 것 같다. 매, 맥주가 필요하다.

현관문을 열고 신발장 고리에 걸려있는 마스크를 쓴다. 이번엔 잊지 않는다. 엘리베이터를 탔다. 3층 께에서 멈추더니 누군가 들어왔다. 그는 마스크를 아주 단단히 썼다. 반가운 마음에 ^^모양의 눈인사를 건넸다. 그러자 그가 엄지를 들어 올렸다. 이심전심이다. 엘리베이터 안에서 그와 나는 적진에 상륙하는 보병전투차에 탄 전우처럼 서로의 굳은 결기를 나누었다.

편의점에 도착한 나는 냉장고로 직행했다. 십 수년간 만 원에 네 개 주는 라거를 마셔왔으나 최근엔 취향이 급격히 바뀌었다. 9천8백 원에 세 개짜리 에일을 마신 이후로는 다른 걸 마실 수 없게 되었다. 빅웨이브라고 했나. 파도그림이 그려져 있는 맥주다. 이 맥주는 자본주의의 맛인지 과일의 맛인지는 모르겠지만 전에 마셨던 맥주를 멀리할 수 있을 만큼 기가 막히다. 오늘도 빅웨이브는 냉장고 속 냉기에 떨며 나를 기다리고 있었다. 나는 반가움에 입꼬리가 올라갔다. 나는 에코백을 열고 맥주들을 거침없이 집어넣었다. 그때, 누군가 내 어깨를 두드렸다. 나는 화들짝 놀라 고개를 돌렸다. 그 누군가가 물었다.

"고추장 어딨어?"

하마터면 육성으로 쌍욕을 할 뻔했다. 내 허리가 반사적으로 뒤로 꺾이며 그와 거리를 벌렸다. 그가 마스크를 쓰지 않았던 까닭이다. 더군다나 초면부터 반말이라니! 그의 막돼먹은 태도는 내게 만만한 상대가 아니라는 선입견을 심어주기에 충분했다. 나는 심호흡을 했다. 놀랐던 나의 심장이 펌프질을 과하게 한 나머지 관자놀이의 정맥까지 움직였다. 그 와중에 나는 머리를 굴려 가장 무난할 것 같은 대답을 골라 꺼냈다.

"마스크를 쓰시면 고추장이 있는 곳을 알려드릴게요."

"아, 고추장이 어디 있냐니까?"

그는 내 말은 들은 척도 하지 않고 다시 물었다. 나는 복싱선수처럼 스텝을 놀려 그의 귀 옆 50센티미터 떨어진 곳에 섰다. 그리고는 숨을 깊게 들이마신 다음 토하듯 말을 쏟아냈다.

"마스크 없어요? 마스크? 아니네! 턱에 걸치고 계시네? 없으면 하나 사드리려고 했더니! 그리고 편의점에서 왜 고추장을 찾아요? 고추장은 저쪽에 하나로마트 있으니까 거기서 사시고요!"

그는 나갔던 정신이 돌아온 사람처럼 고개를 부르르 떨었다.

"아, 내가 마스크를 안 쓰고 있었구먼. 미안해. 몰랐어."

그제야 그가 마스크를 썼다. 그러더니 다시 같은 질문을 했다.

"그러면 고추장은 어디 있어?"

내 머리로 이 사람을 이해하는 것은 불가능했다. 하지만 이 사람에게 고추장이 필요한 건 맞는것 같았다. 나는 급한 대로 냉장고 옆 안주 코너에 걸려있는 반건조오징어를 그에게 던져주며 말했다.

"이 안에 고추장 들어있습니다."

그는 내가 던진 반건조오징어를 받아 다시 매대에 걸어두고는 말했다.

"그 참 이상한 사람이네."

그는 나를 이상한 사람으로 규정하더니 편의점 문을 열고 휭하니 사라졌다.

편의점 직원이 누군가와 통화를 하고 있었다.

"우와. 맨날 마스크도 안 쓰고 와서 고추장 찾는 사람 방금 또 왔는데, 오늘은 손님이 참교육시켜줬어."

그가 주의하지 않은 것인지, 연기를 하는지는 몰라도 그 말이 내 귀로 다 들어왔다. 어쨌든 나는 편의점 직원이 말을 할 줄 안다는 것을 그제야 알게 되었다. 더군다나 웃는 표정은 처음 본다. 나는 그에게 물었다.

"마스크는 어디에 있나요?"

그가 손바닥을 펴서 한쪽을 가리켰다. 그 한쪽엔 마스크가 박스째로 쌓여 있었다. 나는 마스크 한 팩을 꺼내 계산대에 올렸다.

"근데, 손님. 여기 고추장 팔아요. 쌈장도 있고."

직원이 계산을 하면서 말했다.

나는 머리를 긁적이며 편의점을 나왔다. 그러나 나는 참교육 때문인지, 술기운 때문인지 조금 우쭐한 기분이 들었다.

편의점 앞에 개를 데리고 산책을 하는 사람이 눈에 띄었다. 개의 주인은 글자 G가 마구 인쇄된 마스크에 고글까지 착용하여, 100점 만점에 110점의 보기 드문 코로나 시대 패션인 이었다. 그러나 문제가 있었다. 그것은 개였다. 개의 호흡기가 공기 중에 그대로 노출되어 있었다.

"개는 왜 마스크 안 써요?"

이제는 생각보다 말이 먼저 나왔다. 그러나 그의 눈은 미동도 하지 않았다.

"우리 개가 맹견이긴 하지만, 태어난 지 3개월이 안 지나서 입마개 안 해도 돼요."

이미 사람들의 항의에 단련이 된 개 주인이었다. 그러나 그는 내 말을 잘못 이해하고 있었다.

"아니요. 입마개 말고 마스크요! 개를 사랑한다면 마스크를 씌워야 한다고요. 홍콩 사우스차이나모닝포스트에 따르면 사람으로부터 감염된 개가 죽은 경우가 있단 말입니다."

나는 다시 제대로 설명해 주었다.

"아니 그게 무슨 소리예요?"

무슨 소리긴, 개가 위험하단 소리지. 나는 에코백에서 좀 전에 산 마스크를 꺼내 개의 입에 씌우고 끈을 묶었다. 그리고 뿌듯함에 차서 외쳤다.

"이제 선생님의 개는 안전해요!"

기특하게도 녀석은 마스크를 씌우는 동안 얌전히 있었다. 무슨 불독 종류인지, 주둥이가 짧아서 사람용 마스크도 입에 꼭 맞았다. 요 며칠 잉여라는 느낌이 들 정도로 보람 없는 나날의 연속이었지만 오늘은 달랐다.

"아니, 뭐 저런 미친놈이 다 있어."

개 주인이 내 등에 대고 하는 말이 들렸다.

"지금은 그래도 결국 내게 감사하게 될 거예요."

나는 다시 돌아서며 말했다.

"아니 무슨 끈을 이렇게 희한하게 묶어놨어. 시팔. 풀리지도 않아…."

그는 거의 우는 듯한 목소리로 구시렁대고 있었다. 아람단에서 배운 매듭이었다.

집으로 돌아가는 발걸음이 가벼웠다. 맥주를 들고 언덕을 넘었다. 호랑이가 나타나 맥주 하나 주면 안 잡아먹지 하면 어떡할까…. 실없는 상상이 절로 들었다. 그때, 언덕 아래로 어슬렁대며 지나가는 동물이 보였다. 저게 뭘까. 깜짝 놀랐지만 주저앉지는 않았다. 고라니나 멧돼지가 드문 편은 아니었다. 그 동물은 고라니라고 하기엔 덩치가 좋았고 멧돼지라고 하기엔 주둥이가 뭉툭한 게 귀여웠다. 나는 확인을 위해 동물 이름 확인 앱을 켜고 핸드폰을 녀석에게 향했다.

카피바라

말이 안 되는 답이 나왔다. 다시 시도했더니 또 카피바라가 나왔다. 정말 카피바라였다. 누군가의 반려동물이었을까? 소문을 듣자 하니 카피바라의 붙임성이 장난이 아니라던데…. 그것은 사실이었다. 녀석은 부르지도 않았는데 어느새 내 앞으로 오더니 얼굴을 비벼댔다. 뭉툭한 주둥이에 앞니 두 개가 톡하고 튀어나온 것이 눈에 띄었다. 그러니까 앞니, 앞니가 보이는 것이 문제였다. 녀석은 마스크를 쓰지 않고 있었다. 카피바라가 코로나로부터 자유롭다는 연구결과를 아직 본 적이 없었다. 나는 내게 붙어있는 녀석의 얼굴을 떼어내었다. 걱정이었다. 얼굴이 너무 커서 사이즈가 나오지 않았다. 나는 별수 없이 마스크들을 꺼내 이어 붙였다. 카피바라는 작은 눈을 깜빡이며 내가 하는 짓을 지켜 보고 있었다.

그때였다. 산 중턱이 번쩍였다. 강렬한 빛이 올라오고 있었다. 누군가 LED플래시를 내게 비추는가 싶었는데, 그 속으로 시커먼 사람의 실루엣이 나타났다. 빛이 점차 사그라들면서 실루엣은 점차 선명해졌다. 그의 손과 발은 20일을 굶은 농구선수처럼 길고 가늘었다. 걸을 때마다 휘청대는 것이 위태로웠다. 그의 얼굴은 독특했다. 위는 둥글고 아래가 뾰족했으며, 눈은 쑥송편처럼 타원형인 것이 예사롭지 않았다. 그는 외계인임이 틀림없었다. 카피바라가 그를 보더니 컹컹댔다. 카피바라의 주인일까. 그가 입을 열었다. 그때 비로소 그에게 입이 달려있다는 사실을 깨달았다. 놀라운 것은 그의 대답이었다. 컹컹. 그는 카피바라와 똑같은 소리를 냈다.

문제는 그가 마스크를 쓰고 있지 않다는 것이었다. 그가 입을 달고 있음이 확실한 이상 가만있을 수가 없었다. 나는 물었다.

"아저씨는 마스크 안 써요?"

"…."

그는 말이 없었다. 그렇지만 그가 무슨 생각을 하는지 알 수 있었다. 그것은 외계인의 능력 같았다. 그는 마스크를 쓰길 싫어했다. 나는 지구에 온 이상 마스크를 써야 한다고 말하며 마스크를 건넸다. 그의 손과 내 손이 스쳤다. 그때였다. 그에게서 빛이 쏟아져 나왔다. 눈이 점점 부셨다. 뇌까지 하얗게 되는 기분이었다. 아니 뇌가 하예지고 있었다. 몸이 둥실 떠올랐다. 나는 이렇게 납치되는 것인가! 비명이 절로 나왔다.

"으아아악!"

깜짝 놀라 눈을 떴을 때, 내 뺨은 식탁에 놓여 있었다. 맑은 침이 입으로부터 조금 새 나왔다. 빈 맥주캔들이 머리맡에 놓여 있었다. 몸을 일으켰다. 거실이었다. 술을 마시다 잠이 든 것이다. 하지만 꿈은 너무도 생생하여 머리가 얼얼할 지경이었다. 그가 내게 한 말이 뇌 주름 어딘가에 각인된 것처럼 또렷하게 기억났다.

"나는 카피바라를 보러 지구에 왔다. 그런데 당신이 내게 마스크를 씌우려 해서 마음이 상했다."

그가 카피바라를 왜 보러 왔는지 나로서는 알 수가 없다. 귀여워서일까? 그는 내년에 다시 오겠다고 했다. 그때도 자신에게 마스크를 씌우려 하면 지구를 두 쪽 내버린다고 했다. 그때까지 코로나를 없애든 마스크를 없애든 선택하라는 메시지를 전하고는 빛과 함께 사라졌다.

희한한 꿈이었다.

거실 창을 통해 앞을 보았다. 앞 동 같은 층에 사는 사람은 여전히 창을 닦고 있었다. 아래로 시선을 옮기니 산속에 무슨 동물이 뛰어다니고 있었다. 저게 멧돼진가 하고 유심히 보았다. 멀다 보니 확인하기가 쉽지 않았다. 얼굴이 하얬다.

“저거 혹시 마스크를 쓴 건가, 입은 좀 더 뭉툭해 보이는데….”

나도 모르게 중얼거렸다. 쌍안경을 집어들었다. 자세히 봐야겠다는 생각이 들었다. 문득, ‘저것이 카피바라는 아닐까?’ 하는 생각이 들었다. 카피바라를 떠올리자 갑자기 팔에 소름이 우두두 돋기 시작했다. 꿈이 아니었단 말인가!

나는 창문으로부터 시선을 거두었다. 야구 직관을 할 때 썼던 쌍안경을 쓰레기통에 쑤셔 넣었다. 차마 그 동물을 확인할 용기가 없었다.

그렇다면 정말 지구가 두 쪽 나는 건가. 무섭다. 이제 어쩔 수가 없다. 우리 인간들이 어떻게든 이 문제를 해결할 것이라 믿는 수밖에….

2015년 경상일보 신춘문예 시 당선
2016년 동아일보 신춘문예 시조 당선

첫눈이 온 날, 동백꽃이 피었다, 올해 처음으로 베란다에서 키우게 된 동백나무, 붉은 꽃이 첫사랑처럼 나에게 왔다. 작은 꽃 한 송이에 이리 기쁘고 행복할 줄 몰랐다. 일상에서 소소한 행복을 찾으며 우울하고 힘든 시기를 견디고 있다. 창밖에 작은 새 한 마리가 떨고 있다. 모두 견디고 있었다.

정지윤
속도를 벗다(시) 외

중앙대학교 예술대학 동양학과를 졸업하고, 한국일러스트레이션학교(HILLS)에서 공부했습니다. 2005년 한국출판미술대전에서 대상을 수상하고 '헤어드레서 민지'를 만들었습니다. '그림 그리는 사람이 만들어서 특별한 그림책' '아이들과 함께하는 상상그림책'을 만들고 있습니다.

티비를 보다 순간 멈추게 했던 광고 카피 '처음으로 여행이 우릴 떠났다' 일상, 작은 자유의 의미를 생각하게 되었던 지금이 쉼표일지도 모르지. '모든 여행에서 언제나 제자리로 돌아왔듯이 우리의 일상도 제자리로 돌아올 것입니다.' 마지막 카피 그림에도 안도의 숨을 쉰다.

정은희
불안장애 (그림)

속도를 벗다 (시)

정지윤

대형 덤프트럭이 길 가운데 멈춘다

주유소는 기름졌고
길보다 앞서 달리던 내비게이션
지난날들이 향기로워
휴식의 그늘이 길다

과속방지턱을 넘을 때마다
몸이 먼저 덜커덕거렸다
신호를 무시한 속도가
심장에 비상등을 켰다
힘찬 경적을 울리기도 했다

필사적으로 달리던 길
속도를 벗어버린 차들은 고요하다

저 뒤쪽 어디선가 네 봄이 온다

불안장애

코로나 블루 (시)

정지윤

사람보다 먼저 소문이 전근을 온다 신상명세가 놓여 있는 자리 작년에 우울증으로 가버린 그의 아내가 함께 와 앉아 있고 네 살, 여섯 살, 두 딸이 컴퓨터 자판 사이에서 뛰어다닌다

꺾인 셔츠 깃 언제나 같은 양복이 출근을 한다 집보다 편한 의자 출근에 길들여진 가방은 의자를 붙들고 산다

야근과 회식 사이의 회전문 밖을 서성이는 아내의 뒷모습
"언제 와" 힘없는 문자 메시지만 남아 있다

가족을 위해 제자리를 지키는 동안 그의 방엔 빈 의자만 남아있다
그가 지켜야 할 의자는 무엇인가

회전문 사이를 밥 먹듯 오가던 가방이 원룸의 문을 연다 노모에게 맡긴 어린 딸들이 휴대폰 속에서 뛰어나온다 "언제 와"
그는 술로 양복을 잠재우고 라면 냄비 곁에서 잠이 든다

핸드폰이 깨우는 부석부석한 아침 곁에 없는 아내와 딸들의 배웅을 받으며 그와 그의 가방은 다시 회전문 안으로 들어선다

보호구역 (시)

정지윤

풍선을 든 아이가
퍼덕인다 날아갈 듯
높은 창살 앞
발톱이 허공을 가른다

아파트 안데스의 17층은 벼랑
유리절벽은 아직 따뜻할 거야
풍선을 놓친 아이가
울음을 터뜨린다

기류를 타고 날아갔다

바람이 분다

닫혀있는 너를 열어 봐

새들은 제 어깨높이에서
바라보는 것들의 평면성을 안다

멀어지는 하늘

러닝머신 사이로 해가 저물자
나는 절벽 사이에
가로 놓인 하늘을 깎는다
아무것도 불편하지 않은
보호구역

낮은 가지 사이를
드나드는 참새들이
모이를 쪼아 먹는다

송유나

밤과 바깥의 루시 (소설)

1998년생, 동아대학교 한국어문학과 4학년에 재학 중이다. 전공 수업에서 과제로 썼던 소설이 광남일보 2020 신춘문예에 당선되어 등단하였다. 신춘문예의 계절은 겨울. 겨울엔 역시 호떡이라 동네마트에서 호떡믹스를 사다가 당선을 알리는 전화를 받았다. 얼떨결에 선행된 '작가'라는 호칭을 뒤따르며 아직은 지은이로서 소설을 쓰고 있다.

어느 밤, 자다 말고 깬 나는 엄마를 붙잡고 울었다. 울면서 우리 가족 모두가 영원히 살아야 한다고 말했다. 사랑하는 사람들이 죽을까 봐 무서웠던 것이다. 많아 봐야 일곱 여덟 먹었을 때의 일이다. 학교나 열심히 다니면 되는 어린이가 왜 '죽음'이라는 막연한 공포에 사로잡혔던 걸까. 코로나19가 쏟아내는 초현실적 수치들이 유독 버겁게 느껴지는 날이 있다. 우리 아파트의 놀이터는 요새처럼 휑했던 적이 없다. 아이들은 하지 말아야 하는 일을 하지 않느라고 1년을 다 써버린 듯하다. 우리들의 마음은 제대로 방역이 되고 있는 걸까? 우리네 마음에도 마스크를 씌워 줄 순 없을까.

이현영

2020 자화상 (그림)

대학에서 미술을 전공하고 그림책을 좋아해서 그림책 일러스트레이터가 되었습니다.

지금은 남자아이 둘을 키우면서 동시에 그림을 그리는 작가로 살아가기를 고민하는 평범한 엄마이기도 합니다.
그림책 《곱슬곱슬 머리띠》가 있으며 다수에 그림을 그렸습니다.

밤과 바깥의 루시 (소설)

송유나

루시는 언젠가 자신이 이런 일을 겪은 적이 있는지에 대해 생각했다. 모르는 사람에게 문을 열어주지 말라는 부모님의 당부도 반나절이 넘으니 그저 시시하게 느껴졌던 것이다. 루시가 '시시하다'는 감정에서 어떠한 거부감도 느끼지 못했다는 사실은 실로 놀라운 일이었다. 어떻게 그런 일이 가능했던 걸까.

만약 부모님이 그날 루시의 옆에 계셨다면, 루시는 잔말 말고 곧장 이불 속으로 기어들어 가 완전히 잠이 들 때까지 손가락 한번 움찔대지 못했을 것이다. 루시, 양을 세. 얼른. 잡생각 같은 건 하지 말고, 네 머릿속이 상냥한 양 울음소리로만 가득 차게. 하지만 부모님은 하필 오늘 같은 날에 종일 집을 비웠다. 루시는 거실 달력에 그어진 빨간 X자 표시를 올려다보았다. 빨간 X자 표시는 위험을 뜻했다.

루시가 모르는 사람에게 현관문을 열어줬을 때 창밖은 온통 새카만 어둠으로 물들어있었다. 달빛 한 점 스며들지 않는 극한의 밤. 그것은 수상당한 얼굴들을 조명하기엔 더할 나위 없이 좋은 밤이었다. 열린 문 사이로 어슬렁거리는 찬바람은 기분 나쁜 전율을 일으켰다. 루시가 집으로 들인 낯선 청년은 자신이 아빠 친구의 형의 사촌이라 주장했다. 그는 초인종의 쓸모 같은 건 모르는 사람처럼 현관문부터 쾅쾅 두드리고 봤다.

루시야, 문 열어라! 난 정말 애들이 싫어. 뭐, 루시? 자식 이름 한번 웃기

게 지어놨네. 이 애 부모는 보나 마나 눈깔 텅 빈 대구포처럼 생겼겠지. 야, 루시야. 어른 말이 말 같지 않냐? 문 열어라! 루시가 잠시 머뭇대며 엄지손톱을 물어뜯는 동안에 그는 문밖에서 쉬지 않고 욕을 하며 고함을 쳤고, 현관 문턱을 넘어서고 나서는 다짜고짜 신발장부터 열어 재꼈다.

2020 자화상

청년은 신발장 속 신발들을 전부 꺼낸 뒤 아무렇게나 펼쳐놓곤 무언가를 열심히 찾기 시작했다. 그러다 얼마 안 가 벌떡 일어나서 내동댕이쳐진 운동화와 슬리퍼들을 툭툭 밀어 차고 루시의 방으로 돌진했다. 그는 비둘기 5마리는 숨기고 다닐 수 있을 것 같은 우스꽝스러운 중절모를 쓰고, 흰머리처럼 가는 줄무늬가 들어간 낡은 정장을 위아래로 한 벌 빼입고 있었다. 벗지 않은 구두의 앞코는 엿가락마냥 길게 늘어져서 원래 발 길이의 세 배쯤 되는 듯했다. 걸음을 뗄 때마다 반 이상 벗겨지는 구두 때문에 그는 발뒤꿈치를 질질 끌면서 걸어 다녔다. 일이 뜻대로 풀리지 않자 급한 마음이 들었는지 오리발을 신은 잠수부처럼 다리를 벌리고 겅중겅중 뛰어다니기까지 했다. 남의 집 세간살이를 마구 헤집어 놓기 위해 말이다.

루시는 집 안 구석구석에 잠들어있던 물건들을 땅 파는 두더지마냥 박박 긁어 올리는 청년의 뒤를 가만히 따라다녔다. 그러다 푹 꺼진 등짝에다 대고 '뭐 하세요? 하고 묻기도 했다. 그러나 루시의 목소리가 무척 작았고, 청년은 자신의 오른쪽 팔을 뜯어 루시의 침대 밑을 쑤시느라 정신이 없는 탓에 아빠 친구 형의 사촌이라는 터무니없는 거짓말만을 반복했다.

루시는 얌전하고 부끄러움을 많이 타는 어린아이였기 때문에 어른의 말에 토를 다는 것을 꺼렸다. 하지만 그런 거짓말에 속아 넘어갈 만큼 아둔하지는 않았다. 오히려 총명한 편이었다. 루시는 청년의 몸이 보통 사람들과는 아주 다르게 생겼다는 걸 일찌감치 알아채고 있었다. 그와 꼭 닮은 몸을 학교 실험실 구석에서 마주친 적 있다. 은빛 지지대에 척추를 관통당한 채로 전신을 기대어 선 인체모형. 그보다 조금 더 크고 더러운 것 말곤 머리부터 발끝까지 거의 완벽하게 똑같은 형상이었다.

청년의 뼛조각들은 검은 천과 가죽 이외에 어떤 살아있는 보호막도 가지지 않고 움직였다. 그것들은 끈 없는 비즈팔찌처럼 신비롭게 서로 엮이고 갈라졌다. 툭 치면 무너지는 젠가 같아 위태로워 보였고, 속을 비치는 걸 즐기는 카드처럼 자유로워 보였다. 결론적으로 아빠 친구의 형의 사촌이 살점 하나 없는 해골바가지일 리는 없었다.

"좋아, 못 찾겠어. 좋다고! 아주 좋은 상황이야."

해골 청년은 진저리를 치며 거실로 나왔다. 뽑아버린 오른쪽 팔을 신경질적으로 소파 위에 내던졌다.

"무얼요?"

루시가 물었다.

"무얼? 루시, 정말 몰라서 묻는 거겠지만 모르면 입 다물고 있어. 내가 지금 뭘 찾느냐고? 공복에 산산 조각난 이 발가락들을 보고도 그런 말이 나와?"

청년은 씩씩 숨을 몰아쉬면서 항공모함 같은 구두 한 짝을 벗어 거꾸로 뒤집고 탈탈 털었다. 그러자 관절 마디마다 끊어진 그의 뼛조각들이 우수수 떨어졌다. 발가락뼈가 조립하기 전의 레고처럼 거실 바닥에 나뒹굴었다.

"루시, 네가 망상하기를 그만두는 바람에 난 팔자에도 없는 거지 신세를 못 면하고 있어. 난 무려 19일간 그 누구의 몽상도 먹지 못한 몸이야. 뼈만 남은 나에게 이런 표현은 우습지만, 그야말로 굶어 죽기 직전이지. 내 이름은 '루시의 몽상을 먹고 사는 해골 귀신'이야. 그런데 이젠 이름의 반 이상이 날아가고 '해골 귀신'만 남았어. 해골 귀신이야 구천에 널린 게 해골 귀신이라고. 이제 난 온전한 나일 수 없는 거야."

그는 분을 못 이겨 아무 곳이나 삿대질을 하며 이를 갈았다. 근육이 없는 얼굴로 그가 유일하게 지을 수 있는 표정이었다.

"네가 매일같이 세다 잠드는 그 빌어먹을 양들한테선 악취가 진동을 해서 입도 못 대겠고 말이야. 차라리 내 부러진 발가락을 씹어 먹는 게 나아."

"부모님이 사람은 자기 전에 쓸데없는 생각을 많이 하니까, 양을 세서 생각을 쫓아버리자고 했어요."

"그래, 그 양이 아주 썩은 냄새도 잘 나고 유용하더구나."

청년은 던져버린 팔을 다시 어깨에 끼우면서 소파에 제 뾰족한 엉덩이를 붙였다. 루시는 그의 텅 빈 구두를 들고 다니면서 무너진 건물의 잔해처럼 널브러진 뼈들을 하나씩 주워 담았다. 수거할 뼛조각이 하나도 남지 않은 걸 확인한 후엔, 달그락 소리가 나는 구두를 내밀면서 그의 옆에 나란히 앉았다. 제법 묵직해진 구두를 받아든 청년은 누그러든 어투로 고맙다는 인사를 했다. 그리고 루시를 보았다. 너는 내가 무섭지 않지. 루시는 되물었다. 무서워하지 않는 게 좋지 않아요?

청년은 대답 대신 숨을 크게 들이마시더니 뱉지 않고 삼켜버렸다. 이게 내가 배고픔을 잊는 방법이야. 루시는 어쩐지 머쓱한 기분이 들어 괜스레 무릎을 접었다 펴기를 되풀이했다. 난 아저씨를 몰랐어요. 그러나 루시는 원래부터 그의 존재를 알고 있던 사람처럼 자연스럽게 스스로를 비호하고 말았다.

루시, 우리는 악어와 악어새 같은 관계인 거야. 내가 악어새치곤 악어처럼 생기긴 했지만.

"넌 이상해졌어."

"이상해진 건 아니에요. 안전해진 거예요."

"위험에서 도망치는 것과 안전한 것은 달라."

청년은 루시의 방에서 쓰레기통을 들고 왔다. 어제까지만 해도 쓰레기통은 책상에 두고 쓸 만한 작은 크기였는데, 청년이 가져온 것은 어찌 된 일인지 루시의 허리께까지 올라올 만큼 키가 자라 있었다. 그는 기다란 쓰레기통에 깊숙이 손을 집어넣고 휘휘 젓더니 ㄷ자 모양으로 잘려진 한 움큼의 종이 묶음과 몽땅 연필 더미를 꺼내 들었다.

루시는 웬만하면 연필로 무언가를 쓰지 않으려고 노력했다. 만약 연필로 무언가를 써야만 하는 상황이 오면, 모든 글자들을 숨이 턱 막히도록 빽빽하게 붙여 썼다. 부모님은 공책 가장자리의 여백 부분을 전부 칼로 도려내서, 실질적으로 필요한 부위만을 남겼다. 청년이 꺼내든 연필과 종이는 루시가 버린 바로 그것이었다. 루시, 왜 이런 짓을 한 거니? 루시는 그 질문이 다그침처럼 느껴져 고개를 쏙 집어넣었다. 그것은 아무것도 기록하지 않기 위함이었다.

루시는 안방으로 달려가 침대 맡 작은 서랍장에서 조그마한 명함을 가져왔다. 정신과 전문의의 명함이었다. 루시는 작은 손으로 깨알 같이 박힌 이름 석 자를 가리켰다. 이분은 우리나라에서 제일 유명한 아동정신의학전문가 선생님이에요. 루시는 더듬거리지도 않고 그 어렵고 긴 단어를 또박또박 읊었다.

선생님은 내가 꼭 우주비행사가 될 거라고 했어요. 우주비행사는 제 꿈이에요. 루시는 거기까지 말하곤 조금 우물쭈물하면서 혀를 둥글게 말았다. 하지만 아주 무서운 병에 걸릴지도 모른다고도 했어요. 어어, 그러냐? 청년의 대꾸는 영 신통찮았다. 그는 다 닳아서 해진 재킷을 소파 팔걸이에 걸쳐놓곤, 앙상한 손가락뼈로 턱뼈 부근을 매만지면서 네모반듯한 명함의 꼭짓점을 지긋이 주시하고 있었다. 툭 불거진 마디가 턱 끝을 스치면서 자갈들끼리 부딪히며 구르는 소리가 났다.

명성 높은 아동정신의학전문가 선생님은 루시의 몸속엔 과대망상이라는 병균이 잠자고 있다고 말했다. 일찍이 통제하지 않으면 그 병균에게 몸과 마음을 잡아먹힐 것이라고 했다.

"하지만, 루시."

해골 청년은 그렇게 루시의 이름을 부르고 한참동안이나 아무 말도 하지 않았다.

그가 다시 입을 열 때까지, 루시의 머릿속은 '하지만 루시'로 시작했던 저를 향한 문장들로 빠르게 침투되어가고 있었다.

하지만 루시, 낙서는 나쁜 행동이야. 아무것도 없는 종이가 엄한 마음을 부추기고 있구나. 이런 건 전부 잘라 버려야 해. 하지만 루시, 친구는 안 돼. 또래 친구는 널 더 큰 혼란에 빠뜨릴 뿐이야. 하지만 루시, 언제나 정확한 표현을 쓰고, 불필요한 말은 하지 마라. 하지만 루시, 저쪽 길은 멀리 돌아가게 되니 비효율적이라는 걸 명심해라. 하지만 루시, 제발 아무것도 기억하거나 상상하지 말고, 부풀리거나 원하지도 마. 하지만 루시, 어떻게 그런 일이 가능한 거지?

"이 명함으로 비행기를 접는 건 어때?"

해골 청년은 오랜 숙고 끝에 내린 그것을 먹기로 결정했다. 물론 간에 기별도 안 가겠지만, 맛도 별로 없겠지만, 쉬어빠진 어른의 명함이라 소화도 잘 안 되겠지만. 이러쿵저러쿵 투정 가릴 처지가 아니었다. 그저 한입에 꿀꺽 삼켜버리고 이 집을 나가야겠다는 생각이 들었다. 이걸로 발가락뼈 한두 개 정도는 이어붙일 수 있지 않을까.

"접고 나면 우린 영원히 헤어지나요?"

"아니, 루시. 우린 꼭 다시 만나."

루시는 고개를 끄덕이며, 빳빳한 명함을 반으로 접었다. 해골 청년은 입맛을 다셨다. 루시는 이제 그가 조금 무서워졌다. 그가 무엇인지 알고 있다는 반증이었다. 루시, 하지만 넌 내가 무엇인지 알고도 충분히 행복할 수 있어. 명함은 접히면 접힐수록 검붉은 색으로 뒤덮였다. 이내 종이가 비행기의 모양을 갖췄을 때는 거실 바닥 전체를 자신의 거대한 몸집으로 가득 메우고 있었다.

COVID-19

이한솔

타히티 (소설)

가을에 태어나 무럭무럭 자라서 단국대학교 문예창작과에 재학 중이다. 단편소설 《전자레인지》로 2020년 광주일보 신춘문예에 등단하였다. 문학광장 문장 웹진에 단편소설 《궤도 밖 고라니》를 발표했다. 작고 귀여운 강아지와 함께 살고 있으며, 파랗고 넓은 바다가 있는 곳에서 오랫동안 여행하고 싶은 것이 꿈이다. 언젠가는 꼭 그럴 수 있는 날이 올 거라고 믿는다.

파랗고 넓은 바다가 있는 발리에서 오랫동안 여행하고 싶습니다. 눈동자 색이 다양한 사람들 속에서 낯설고 명랑한 날들을 보내면 얼마나 좋을까요. 하지만 코로나로 인해 이 꿈은 영영 멀리 떠나버렸습니다. 빛이 보이는 것 같다가도 자꾸만 어두워집니다. 그러나 언젠가는 꼭 그럴 수 있는 날이 올 거라고 믿습니다. 각자의 삶 속에서 띄워 보내는 우리의 마음들이 일으킬 기적을 기다립니다.

한연서

2.5단계 (그림)

글 쓰고 그림 그리고 있습니다. 주로 몽글몽글하고 따뜻한 그림을 그리고 있으며 이모티콘, 책 삽화, 팬시용품 등의 작업을 하며 지내고 있습니다.

마스크를 하지 않았던 산뜻한 산책길을 기다립니다.
코로나가 종결되어 무너졌던 일상이 회복되고
더 이상 코로나로 고통받지 않길 기도합니다.

타히티 (소설)

이한솔

바이러스는 오밤중 문을 두드리는 불청객처럼 찾아와 나갈 줄을 몰랐다. 텔레비전 화면에서 코로나19 확진자 수가 어제보다 스무 명이 더 늘어났다는 소식이 들렸다. 타인과 접촉을 최소화해야 하는 '사회적 거리 두기'가 2.5단계로 오른 지 벌써 이 주가 지났는데도 그랬다.

나는 컵라면을 먹느라 끝부분이 빨갛게 물든 젓가락을 테이블 위에 내려놓았다. 그 말은 윤과 내가 집 밖으로 나가지 않은 지 이 주일째라는 말과 똑같았다. 거리 두기가 강화된 이후로 우리는 한동안 버틸 수 있을 식량을 잔뜩 사와 쟁였다. 마스크를 쓰지 않는 게 이상해진 사회 속에서 우리가 오랫동안 살아내기 위해서는 집 안에만 있는 게 최선이었다. 졸업 후 말이 취업 준비생이지 그냥 백수인 윤과 대학 회전초밥집 아르바이트에서 잘린 나는, 그동안 모아놓은 적금과 목돈으로 나가지 않는 생활을 하고 있었다. 새모이처럼 적은 돈으로 뭘 할 수 있겠느냐만 밖에서 지출하는 돈이 없으니 그럭저럭 살 만했었다. 그러나 문제는 돈에만 있던 것이 아니었다. '갇혀 있다'라는 생각을 내내 지울 수 없는 것도 문제였다. 나는 다 식어버린 컵라면을 멀리 치워두고 텔레비전의 볼륨을 높였다. 조곤조곤 들리던 아나운서의 목소리는 우리가 겪고 있는 시대의 위기처럼 선명해졌다. 뉴스 화면 하단에 '정부 대책 발표… 외출 자제 요망'이라는 자막이 큰 글씨로 떠올랐다. 앞으로 어떻게 될지 감이 오질 않았다. 돌아본 창밖은 평범하고 조용했다.

윤아. 너는 이렇게 계속 집에 있어도 괜찮아?

그럴 리가. 오늘은 뭘 하며 시간을 허투루 써야 할지 감도 안 와.

윤은 밖에 나가는 걸 좋아하는 사람이었다. 매일 왕복 세 시간을 버티며 통학했으면서도 주말이 되면 아침 일찍 외출했다. 윤이 집에서 쉬는 날은 손에 꼽을 정도였다. 반면 나는 집을 좋아했다. 학교나 아르바이트처럼 꼭 밖에 나가야 할 때를 빼고는 시간을 내서라도 집에 있었다. 가장 편하게 있을 수 있는 곳은 집뿐이었다. 이렇게나 다른 우리가 연애를 하고 동거를 하게 되다니. 사람 일은 알다가도 몰랐다.

본격적으로 집에만 있는 동안, 한 삼 일은 꽤 즐거웠다. 모처럼 제약 없이 쉴 수 있다는 것이 행복했다. 다른 이들도 우리와 같은 처지라, 인터넷에는 집에서 할 수 있는 것들을 매일 같이 소개했다. 커피를 여러 번 저어 우유에 타 마시는 '달고나 커피'라든가, 초보자도 쉽게 따라 할 수 있는 자화상 그리기, 요가와 홈 트레이닝 운동 같은 것들. 윤과 내가 해보지 않은 것이 없었다. 텔레비전에서는 어느덧 뉴스가 끝나 광고를 하고 있었다. 드넓고 파란 바다 위를 항해하는 청량음료 광고였다. 윤은 그걸 숨도 안 쉬고 지켜보더니 이내 소파에서 몸을 일으켜 베란다로 나가서 넓게 트인 창

2.5단계

문을 열었다. 얼마 전까지만 해도 더웠던 공기가 꽤 선선해져 있었다. 윤이 방충망을 얼굴 앞에 두고 소리를 질렀다. 길고 우렁찬 윤의 목소리가 밖으로 울려 퍼졌다.

미쳤어? 왜 그래.

이렇게라도 안 하면 답답해서 돌아버릴 것 같아.

정 힘들면 이따 밤에 산책이라도 가자.

그걸로 안 풀려. 사람 많은 곳에서 마스크 벗고 놀고 싶어. 노래방이라든가, 야시장이라든가 그런 거…….

윤은 밖을 보다가 다시 짜증 섞인 고성을 질렀다. 말려보려고 했으나 이미 늦은 것 같았다. 여러 가구가 빽빽이 들어찬 오래된 아파트에서 윤의 행동은 당장 민원이 들어와도 이상하지 않을 노릇이었다. 나는 윤이 또 소리를 지를까 봐 베란다로 걸어 나갔다. 윤의 허리춤을 붙잡고 안쪽으로 끌어오려는데, 창문 밖에서 말소리가 들렸다. 아예 지상에 있는 사람의 말이라기엔 우리 집이 있는 오 층과 비슷한 높이에서 들렸다. 우리는 그 자리에서 얼어붙을 수밖에 없었다.

뭐라 그런 거야 방금? 듣긴 들었는데 자세히 안 들렸어.

몰라. 내가 소리 질러서 그런 거 아니야?

누가 화 났나 봐.

화난 거 아니에요.

또 한 번 들려온 누군가의 응답에 우리는 동시에 소리를 질렀다. 가까이서 들린 게 확실했다. 나는 어디에 있는 누군가가 우리의 존재를 알아챈 것인지 궁금해 방충망을 열어 고개를 내밀었다. 혼자 사는 옆집 여자였다. 길고 곱슬한 머리를 한 여자는 얼굴 부분 부분이 주름져 있었다. 여자는 창틀에 손을 짚은 채 고개를 최대한 뻗어 우리를 보고 있었다. 이사를 막 왔을 때 엘리베이터에서 마주치고 한 번도 본 적 없었던 이웃을 이런 식으로 만날 줄 꿈에도 몰랐다. 이미 눈이 마주쳐 내민 고개를 넣을 수도 없던 나는 어색한 눈인사를 여자에게 건넸다. 여자도 나의 웃음에 화답하듯 나에게 웃어 보였다. 그때쯤 상황이 궁금했었던 윤도 밖으로 고개를 내밀었다. 여자가 빼꼼 나온 윤을 보더니 말했다.

심심해서 소리 질렀죠?

네. 죄송해요. 시끄러웠죠.

아녜요. 후련했어요. 나도 집에 있는 게 너무 지겨웠거든.

역시 다른 이들도 우리와 다를 것이 없었다. 여자는 자신이 집에 있으며 얼마나 심심했었는지에 말을 하기 시작했다. 집과 집에서 창틀에 가로막힌 채 말을 하고 있어도 높이가 있어서 그런지 목소리가 선명히 들렸다. 우리는 그렇구나, 하는 추임새를 집어넣으며 집 안으로 다시 들어갈 틈을 노리고 있었다. 여자는 그런 우리를 붙잡는 말을 했다.

괜찮으면 오늘은 나랑 같이 놀래요?

놀자는 말은 불안한 시국에 걸맞은 행색이었다. 직접 만나지 않고 각자의 집 베란다에서 수다나 떨고 각자 집에 있는 것들을 동시에 먹자는 것이었다. 나는 난데없이 벌어진 일에 의견을 묻듯 윤을 쳐다봤지만, 윤은 어깨를 들썩이며 입꼬리를 내렸다. 윤이 호기심을 보일 때마다 하는 행동이었다. 나는 아직 여자가 미덥지 못했다. 그러나 집에서 딱히 할 일이 있는 것도 아니었다. 같은 공간에 있는 것도 아니니까 괜찮지 않을까, 하는 생각에 윤에게 고개를 끄덕인 것은 여자가 식탁 의자를 베란다 가까이 끌고 오는 소리가 들렸을 때의 일이었다.

여자는 길거리에서 도를 믿냐고 묻는 사람처럼 적극적이었다. 여자는 캐

모마일 차를 우려 왔다고 했고, 우리는 냉장고에 있던 음료수를 컵에 담아 와 베란다 창틀에 몸을 기댔다. 온종일 고개를 내밀고 있을 수는 없어 우리와 여자는 말로 행동을 설명했다. 후루룩, 하고 차 마시는 소리가 고요한 대낮 하늘에 퍼졌다. 우리도 여자를 따라 차가운 음료를 마셨다. 대충 소리를 들어보면 여자가 무얼 하는지 알 수 있었다. 윤과 나도 일부러 여자가 유추할 수 있을 만큼의 확실하고 쉬운 소리를 옆집으로 보냈다. 처음 만난 사람들끼리 할 수 있는 수더분한 이야기가 여자의 집과 우리 집을 오갔다. 날씨나 코로나 19에 대한 한숨 같은 것들이었다. 이 아파트에 우리만 사는 것이 아니니 개인 사정 같은 민감한 이야기는 꺼내지 않았다. 대화의 주제가 바닥을 드러낼 즈음 적막이 흘렀다. 그러다 여자가 숨을 크게 들이마시는 소리가 났다.

집에 오래 있으면서 이렇게 밖을 오래 본 적이 있어요?

없어요. 매일 집 안에서 무얼 할지만 생각했거든요.

나도 그래요. 오늘에서야 느껴져요. 하늘이 높아졌다는 게.

어, 진짜네.

윤은 여자의 말을 듣더니 고개를 높이 들었다. 정말 하늘이 높아져 있었다. 계절이 바뀌는 것도 모르고 갇혀 있다 보니 어느새 가을이 되어 있었다. 여자와 대화를 하다 쳐다본 윤은 소리를 질렀을 때보다 아까보다 훨씬 유연한 표정이었다. 얼굴 대신 하늘과 밖을 보며 하는 대화는 나도 윤도 처음이었다. 구름 한 점 없는 이 하늘이 여자와 대화를 할수록 여자의 목소리와 잘 어울린다고 느껴졌다. 윤은 다 마신 빈 컵을 들어 내부를 햇빛에 비춰 보았다. 물기가 있는 유리 컵이 반짝반짝 빛나고 있었다. 그걸 보니 문득 여행을 안 간 지 너무 오래되었다는 생각이 들었다. 나는 여자에게 조금 큰 목소리로 물었다.

마지막으로 언제 여행 가셨어요?

와, 여행. 오랜만에 들어보는 단어네. 저는 작년 말에 갔었어요. 타히티로.

타히티?

윤이 고개를 갸웃거렸다. 어디서 들어본 것 같은데, 그게 어디에 있는 거였더라. 여자에게 들리지 않게 작은 목소리로 속삭이던 윤은 휴대전화를 들어 타히티를 검색했다. 나도 어디선가 들어본 적 있었지만 생소한 곳이었다. *타히티, 타히티.* 조그맣게 속삭여본다. 타—하고 입을 벌려 시작하는 발음에서, 티—하고 입꼬리를 판판하게 늘리며 끝나는 단어는 여러 번 말할수록 신비로운 느낌이 들었다. 내가 중얼거리는 동안 검색을 끝낸 윤이 사진 여러 장을 나에게 내밀었다. 녹청색으로 트인 바다가 아름다운 섬이었다. 액정 너머로 처음 만난 타히티는 발음처럼 신비로워 보였다. 옆에서 방충망을 여는 소리가 들리더니 여자가 다시 밖으로 머리를 내밀었다. 가 봤느냐는 여자의 말에 윤은 집 안에서 목소리를 높여 대답했다.

가 봤어요?

아니요. 처음 들어보는 곳이라 검색해봤어요. 예쁘네요.

예쁘죠? 남편이랑 사별하고 처음으로 혼자 간 곳이에요. 어찌나 예뻤는지 몰라요. 도착하고 첫날은 숙소에서 종일 울었어요. 이렇게 좋은 곳을 가자고 해 놓고 혼자 급히 사라졌는지, 참. 나 혼자 있는 세상은 또 왜 이렇게 된 건지…….

젖은 코를 들이마시는 소

리가 들렸다. 여자가 우는 듯했다. 어떻게 그를 위로할 수 있을지 감이 오질 않았다. 어떻게 해야 할지 몰라 곁눈질로만 여자가 사는 집 쪽을 바라보는데, 윤이 내 손을 붙잡았다. 체온이 따뜻했다. 오늘 처음, 그것도 얼굴을 마주하지 않고 대화를 나눈 여자에게 가장 필요한 말을 고민했다. 나는 가장 쉽고 막연한 진심을 여자에게 던졌다.

힘내요, 우리.

여자는 우리 집 현관 앞에 선물을 두겠다고 말했다. 타히티에서 사 온 기념품이라고 했다. 여자가 한국으로 돌아오던 날, 떠나는 게 아쉬워 기념품 가게에서 가격도 보지 않고 이것저것 담은 물건 중 하나였다. 현관문이 열고 닫히는 소리가 희미하게 들렸다. 베란다로 다시 온 여자는 햇빛을 오래 보니 눈을 조금 붙여야겠다며 우리에게 인사했다. 우리도 그에게 고맙다는 말과 함께 인사를 전했다. '들어가세요'나 '쉬세요'라고 하기엔 여자는 이미 집에서 쉬고 있었고, '안녕히 계세요'라고 하기엔 우리가 그의 집에 있지 않았다. 관자놀이에 검지를 짚고 고민하던 윤이 생각이 난 듯 웃으며 목청 좋은 소리로 여자에게 말했다. *안녕히 주무세요.*

현관에 나가보니 상자 하나가 놓여 있었다. 흰 상자에 그림이 그려진 천 피스 짜리 퍼즐 상자였다. 윤은 그것을 거실로 들고 와 옆면을 이리저리 살폈다. 온통 영어로 쓰여 있었다. 나는 그림 옆에 작게 인쇄된 그림의 제목을 읽었다. Tahitian Women. 폴 고갱이 그린 '타히티의 여인들'이었다.

우리는 퍼즐을 바닥에 쏟았다. 천 개의 퍼즐 조각이 별똥별처럼 우수수 떨어졌다. 윤이 상자에 있던 그림과 조각들을 맞춰보며 제일 끝에 있는 조각들을 찾기 시작했다. 끝에부터 차근차근 맞춰 나가니 조금씩 그림이 눈에 보이기 시작했다. 나는 퍼즐을 맞추며 지금쯤 깊은 잠에 빠졌을 여자를 위해 기도했다. 여자가 다시 타히티에 갈 수 있기를, 우리가 얼굴을 마주하고 웃는 입을 보여주는 때가 얼른 오기를, 그때는 여자가 울지 않기를. 낯선 사람에게 하는 기도치고는 자꾸만 진심이 담겼다. 퍼즐 조각이 그림으로 변할 때마다 중천에 떠오른 해가 창문을 통과해 빛을 저미고 있었다.

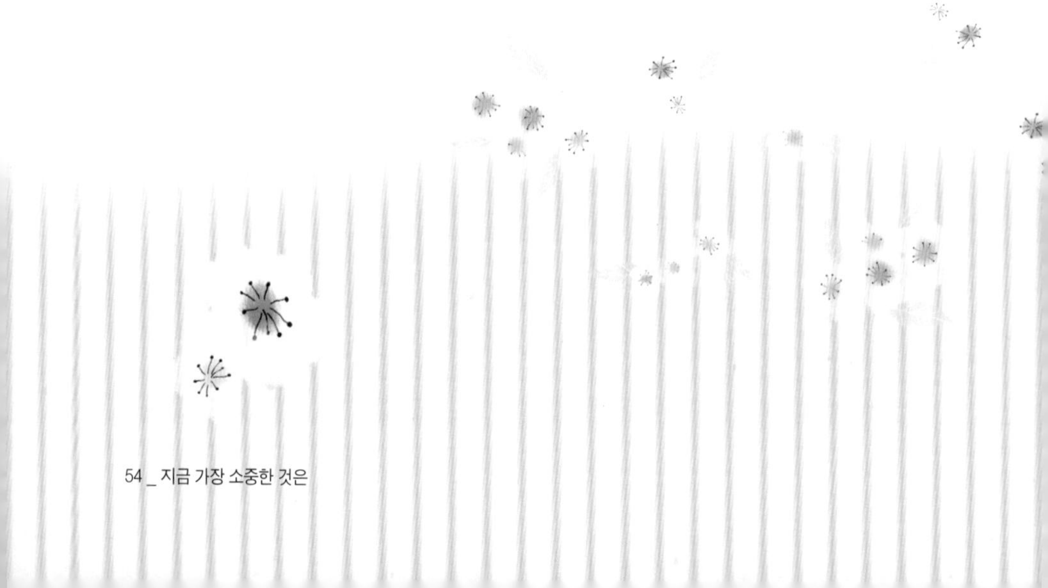

1964년 전북 군산에서 태어나 우석대학교 대학원 문창과를 졸업하였다. 2017년 문화일보 신춘문예 시로 등단하였다. 전주에서 30여 년 화가로 활동하였으며 4년 전부터 시인을 겸하고 있다. 전북민예총 회장을 역임했다. 전북민족미술인협회·전북작가회의·사단법인 전북민족예술인총연합회 회원으로 활동하고 있다

진창윤

말 (시) 외

문학이 위로가 될 수 있을까…… 믿을 건 오직 마스크뿐인 오늘 독방에 갇힌 말들을 모아본다. 얼마간의 고독을 맷돌에 갈았으나 날이 거칠고 무뎌 부끄럽기 짝이 없다. 코로나를 모르던 그, 맛있게 사료를 먹던 네발 달린 그가 지난 명절 기간에 죽었다. 그는 내게 삶과 죽음 그리고 애도란 단어를 던지고 갔다.

성신여대 산업디자인과 졸업 후 유학길에 올라 캐나다 Sheridan college에서 애니메이션공부를 샌프란시스코 AAU University에서 일러스트레이션 대학원 졸업 후, 캐나다 애니메이션 스튜디오에서 아트팀에서 디자이너 및 컬러리스트로 활동하였다. 그 후 한국에 돌아와 일러스트레이터 활동 및 개인작품에도 집중하며 아티스트로 활동하고 있다. 산문집 《평범한 일상 속의 특별한 아이콘 - 일일일》 등에 그림을 그렸다. 인스타그램: https://www.instagram.com/hyoji_lee_art

이효지

기다림-노아의 방주
(그림)

막연히 중국의 이웃 나라 얘기인 줄만 알았던 코로나가 이제 우리 일상에 파고들어 모든 것에 영향을 미치고 있습니다. 예전 평범했던 일상들의 소중함을 매일 새롭게 느끼게 됩니다. 사회적 거리두기로 인해 이웃과 물리적 거리가 생겨난 지금 우리의 마음까지 고립되지 않도록 소통의 창을 열어두면 좋겠습니다. 겨울잠을 자고 일어나면 봄이 오듯 빠른 해결책이 나와 다시 일상으로 돌아가기를 고대해 봅니다.

말 (시)

진창윤

방문이 닫히면
입 다물어야 하리 입 벌려야 하리
열고 싶을 때 열고 닫고 싶을 때 닫을 수는 없을까, 까닭 없이 쏟아낸 말들
말의 온도에 취한다

오늘은 기분이 좋으십니까?
당신의 발굽에서는 여전히 방울 소리가 들립니다

우두커니 당신을 바라보다가
이말 저말 떠올리다가
이해할 수 없다 이해할 수 있다

두 발을 나란히 모으고 몸통에 쇠고랑을 차고 옆으로 눕는다
이 병동에선 마음대로 풀고 마음대로 닫을 수 없다
이 병동에서 살아나간 자는 없다

죽어 건너편에 앉아 웃는 자를 힐끔 본다 그의 주머니에는 열쇠가 있을까

문틈으로 해가 뜨고 달이 지는 사이
아무에게도 편지가 안 와서 나는 나에게 말을 쓰고 있는 중이다
내 말을 받아보기 위해 나는 눈을 감고 두 귀를 열고
입술을 들었다 놓는다

쇠고랑이 잠든 사이 자꾸만
삐져나온 손목과 발목이 꼬리를 흔들며 거듭 잠든다

기다림-노아의 방주

흰 (시)

진창윤

손 맞잡고 입 맞추고 빙글빙글 돌던 시절은 갔다
흰 벽,
잘 엮인 틈으로 언뜻언뜻 삐어 나오는 얼굴들
돼지비계 숭숭 떠다니는 국물에 둘러앉아 한 숟가락으로 허기를 지우는 때는 갔다

얼굴 가리고 말하는 것이 죄가 되는 시절이 있었다
얼굴 내밀고 말하는 것이 죄가 되는 시절이 있다
인도 태국 필리핀 배행기 타고 싸돌아다녀야 잘 논다는 시절이 있었다
방에 콕 처박혀 있어야 잘 논다는 시절이 있다

작가회의 월례모임 스무 명 선착순
미술품 전시는 인터넷 가상공간으로
죽은 자의 애도, 결혼식 따윈 계좌이체로

창문 들락거리는 햇살을 커튼 속으로 밀어 넣는 저녁노을이나
담장 위에 걸린 고양이의 꼬리나 대못 박는 저녁달의 망치질 소리나
앞마당에서 굽은 허리 펴는 고욤나무나

보이지 않는 곳에서 보이지 않게 살아야 한다

텔레비전 속 노루는 휴전선을 넘다 발목을 삐고
가로등은 막걸리 한 잔에 취해 예정에 없던 노래를 막 시작하고
지워지고 드러나는 얼굴들이 어느새 내 발등에 내려앉아 살갗을 섭섭하고
엉덩이는 나뭇잎 노란 혀를 물고 찬바람 씰룩쌜룩 흔들며 떠나가고
아-옛날이여를 연발해도 올 것 같지 않은 옛날처럼
옛날은 어머니 무덤가에 피었을라나

까닭 없이 오고 까닭 없이 가는 것들을 버무리면 슬픔에도 꽃이 필까
후끈 달아오른 아스팔트 위를 걸어가는 마스크는 숨이 가쁘다
발바닥입으로 땅바닥을 민다

죽은 자를 껴안는 법 (시))

진창윤

마치 산 자를 보듬듯
물끄러미
눈빛으로 어루만지고
손등으로 닦아내고
우두커니 앉아있는 것
방 청소를 하고
몸을 씻고
한밤을 지새는 것
날이 밝으면 12시 30분의 화장장으로 갈 것이다
흰 가루로 뿌려질 것이다
장난감과 약봉지도
나란히 한 장의 사진으로 박힐 것이다
두 여자가 그의 곁에서 소곤소곤 말을 이어간다
벽이 왈왈거려 알아들을 수 없다
소리는 없고 호흡의 높낮이만 있다

2016년 경성대학교 국어국문학 석사 졸업, 2019년 부산일보 신춘문예 소설로 등단하였다. 2017년부터 2년간 대안학교 글쓰기 교사로 일하며 산문집 《저기요, 선생님?》(2018)을 출간하고, 세상의 다양한 이야기를 찾아 덴마크로 건너가 약 1년간 마을 공동체를 경험한 뒤 돌아와 《덴마크 우핑 일기》(2020)를 출간했다. 현재 1인 출판사 '네시오십분'을 운영 중이다.

김지현

공그르기 (소설)

변화는 생각보다 빠르게 일상을 점령한다. 마스크가 어색하던 봄을 지나 마스크가 없으면 두려운 겨울이 왔다. 네 계절을 지나는 사이 우리의 일상은 예외가 보편이 되었다. 범지구적 변화가 쌓인 지층처럼 한 시절에 쌓인 치열한 이야기들을 오랫동안 기억할 것이다.

이화여자대학교에서 시각디자인을 전공하고 직장생활을 조금 하고 한국일러스트레이션학교에서 일러스트레이션을 공부했습니다. 작업은 그림책 《세상에서 가장 무서운 건 누구?》, 《글쓰기대장》 등과 산문집 《평범한 일상 속의 특별한 아이콘 - 일일일》 등에 그림을 그렸습니다. 항상 좋은 책을 만드는 것을 목표로 그림을 그리고 있습니다.

김진희

조금 더 번잡스러워진 아침 (그림)

난생 처음 겪는 초대형 재난입니다. 나만 겪는 것이 아니겠지요. 하지만 나만 겪는 고난이 아니라고 해서 위로가 되는 것도 아닙니다. 그저 할 수 있는 일이라고는 부디 조금이라도 빨리 상황이 나아지기를, 그리고 이 모든 것이 끝날 때 까지 사람들이 최대한 상하지 않기를 기원하는 것 뿐. 모두 조금이라도 더 기력을 차리고 조금이라도 더 기쁜 일을 찾을 수 있기를.

공그르기* (소설)

김지현

내 세상은 뜨겁다. 뜨거운 바람이 회오리치고 부패한 냄새가 고인다. 생명을 유지하는 냄새는 고약하다. 제 삶을 부여잡기 위해 급급할수록 더 썩은내가 난다. 에너지를 만들기 위해 씹어 삼킨 음식의 찌꺼기가 썩어가고 에너지를 많이 응축한 음식을 삼킨 입일수록 더 고약하다. 대개 그런 몸일수록 들숨과 날숨이 짧고 거칠다. 그 숨의 덩어리는 너무 끈적해서 잘 흩어지지도 않는다. 그 숨을 견디는 게 내 일이다. 나는 어제 태어났다.

여자는 개찰구에 카드를 갖다 대고 잰걸음으로 통과했다. 앞서가는 걸음과 거스르는 걸음들로부터 약간의 거리를 둔 채 여자는 자기만의 속도로 걸었다. 여자처럼 똑같이 입을 가린 사람들 사이를 이리저리 교묘하게 비껴걸었다. 호흡이 약간 빨라졌다. 여자의 뜨거운 숨이 내 몸에 닿아 천천히 통과해 흩어졌다. 여자는 박음질한 가장자리가 닿는 뺨이 불편한지 가끔 집게손가락으로 내 몸을 들어 이리저리 비틀었다. 어젯밤 여자는 서툰 바느질로 깁고 조이며 나를 만들었다. 내 몸이 될 아사 60수 천과 겉감 린넨 천, 실과 바늘 모두 인터넷으로 샀다. 며칠을 고민하고 미루다 드디어 주문에 성공한 것이다.

*바느질의 한 기법. 겉면에서 바늘땀이 보이지 않게 꿰매는 방법.

조금 더 번잡스러워진 아침

퇴근 후 돌아온 집 앞에 택배가 도착해 있었고 여자가 상자를 뜯었다. 고심해서 고른 베이지색의 천을 확인하고 다시 닫아둔 뒤 땀에 젖은 몸을 씻고 간단한 저녁상을 차려 먹고 다시 택배 상자를 열었다. 한 아이 엄마가 올린 동영상을 재생해놓고 따라 하며 바늘을 이리저리 찔러 천을 통과했다. 왼쪽 가장자리의 바느질이 고르지 않았는지 약간의 이물감이 느껴졌다. 그래도 입가에 닿는 천의 감촉이 부드럽고 훨씬 편했다. 여자는 오늘 밤 집에 무사히 도착한다면 남은 천으로 같은 모양의 마스크를 하나 더 만들어보기로 했다. 늦은 밤 승강장에는 사람이 얼마 없었다.

부쩍 기온이 높아지면서 며칠 전부터 여자의 입가가 울긋불긋하게 부풀었다. 가렵고 종일 신경 쓰였다. 점심시간에 사람들과 식당에서 가려두었던 입을 열어 보일 때면 창피해서 은행에 볼일이 있는 것처럼 따로 나와 카페에서 샌드위치를 먹었다. 샌드위치를 씹으며 여자는 스마트폰으로 '면 마스크'를 검색했다. 여자와 비슷한 증세로 직접 마스크를 만들어 쓰는 사람들이 많았다. 여자는 그 사람들이 알려준 사이트에 접속해서 수백여 종의 천들을 하나하나 살펴보다가 지쳐서 다시 샌드위치를 집어 들고 창밖을 바라봤다. 눈만 내놓은 채 볕 속을 분주하게 오가는 사람들. 절반이 사라진 얼굴들. 여자는 문득 아주 오래된 풍경 같다는 생각이 들었다.

열차 안은 조용했다. 입을 가린 사람들이 저마다의 세계에 빠져 있었다. 여자도 이어폰을 꺼내 스마트폰에 연결한 뒤 귀에 꽂았다. 요즘 한창 빠져 있는 유튜브 방송을 틀었다. 한적한 시골 주택에 혼자 사는 여자가 정갈한 요리를 해 먹고 청소를 하고 오래된 재봉틀로 천가방이나 소품들을 만드는 일상 브이로그(VLOG)였다. 영상 속 여자는 비슷한 또래로 보였다. 영상에서는 얼굴을 보여주지 않았지만 여자는 상상할 수 있었다. 외꺼풀의 눈에 마르고 수더분한 얼굴을 가졌을 것이다. 고요한 집을 단정하게 닦고 가꾸는 젊은 여자. 여자는 따뜻한 색감의 영상을 끝도 없이 돌려보며 오랜 꿈같은 그 장면 속에 자신의 얼굴을 놓아보았다. 손수 만든 앞치마를 두르고 토마토와 모짜렐라 치즈를 넣은 샐러드를 만드는 자신의 모습은 기이했다. 누가 쫓아오지도 않는데 하루는 쫓기듯 흘러갔다. 채소를 씻고 일정한 두께로 칼질을 하고, 생리대를 넣어 다닐 파우치 따위를 직접 만들 시간은 어떻게 생겨나는 것인지 알 수 없었다. 여자는 영상 속 여자가 그 모든 걸 대신해주는 다른 시간 속의 자신 같았다. 영상 속 세계는 거울 속 세상일지도 모른다고 여자는 고요한 숨을 뱉으며 생각했다. 무엇보다 사람의 숨과 숨으로 병을 옮기지 않는 세상. 서로가 서로의 적이 되지 않는 거울 너머의 세상. 지금 여기는 전염병이 돌고 있다.

여자가 나의 존재도 잊은 채 잔잔하게 호흡하며 영상 속에 한참 빠져 있을 때 어수선한 소리가 들려왔다. 여자는 문득 이어폰 너머의 세상을 감지하고 고개를 들었다. 자기가 앉아 있는 곳이 새소리가 들리는 숲이 아니라 쇳덩어리로 둘러싸인 열차 안이라는 걸 놀란 듯이 깨달았다. 그제야 자기의 숨이 내 속에 고여있다는 걸 다시금 기억해내고 집게손가락으로 내 몸을 슬며시 비틀었다.

소란한 소리가 열차칸 끝쪽에서 희미하게 들려왔다. 발음이 분명치 않고 몸을 흐느적거리는 남자가 웬 여자의 옆에 앉아, 여자를 향해 몸을 기울이고 무어라고 소리치고 있었다. 벌겋게 달아오른 얼굴에 입이 터져있었다. 그러니까 숨을 가로막는 아무런 장치가 없는 맨얼굴이었다. 남자의 얼굴엔 마스크가 없었다. 남자가 점점 더

다가오자 여자는 얼굴이 창백해진 채로 황급히 자리를 벗어났다. 여자는 빠르게 다른 칸으로 넘어갔다. 여자에게서 외면당한 남자는 이내 다른 자리로 옮겨갔다. 비틀거리는 걸음으로 젊은 남자의 옆에 착석했다. 이어폰을 끼고 스마트폰을 보는 남자는 미동도 없이 그 자세 그대로 있었다. 남자는 이어폰으로 막힌 귀에 대고 연신 소리를 쳤고 자꾸만 손을 내밀었다. 젊은 남자는 자기의 얼굴을 향해 뜨거운 숨을 그대로 내뱉는 남자가 정말로 보이지 않는 것처럼 아무런 표정의 변화도 없었다. 연거푸 무시당한 맨얼굴의 남자가 열차 안 열댓 명의 사람 모두를 향해 소리를 질렀다. 왜 나를 무시하냐, 왜 내 말을 아무도 들어주지 않느냐. 두어 명이 더 자리를 떠났다.

한쪽 이어폰을 뺀 채 소리치는 남자의 목소리를 들어버린 여자는 긴장하기 시작했다. 여자뿐만 아니라 같은 열차 안에서 남자의 외침을 들은 모두가 얼어붙었다. 함부로 사람에게 다가가는 존재, 제 할 말을 다 해버리는 존재, 공공장소에서 소리를 지르고 냄새를 풍기는 늙은 존재는 언제나 불쾌하기 마련이었다. 누구라도 제 성질을 못 이기고 남자를 제압할만 했지만 불쾌를 뛰어넘는 공포가 사람들을 감싸고 있었다. 저 불쾌한 인간의 숨이 이 공간에 퍼지고 있다. 저 숨이 단순히 냄새나는 숨이 아니라 누군가의 폐를 옭아매고 바이러스를 퍼트릴 독이라면, 여자의 입가로 방울땀이 돋아 올랐다.

"아가씨 이거를 어찌 하냔 말이오. 이게, 이상하다니까. 노래가 안 넘어간다고오."

어느새 남자가 여자의 옆에 앉아 바싹 다가왔다. 남자는 알아들을 수 없는 말을 하며 손을 내밀었다. 사람들의 두려운 눈빛이 여자에게 쏟아지는 게 느껴졌다. 고목(古木)같이 메마르고 딱딱한 손. 때에 전 케이스가 끼워진 스마트폰에는 음악 재생 화면이 떠 있었다. 남자는 여자가 알고 있는 언어로 말했고 여자는 그 말을 알아들을 수 있어서 자기도 모르게 대답했다.

“뭐라구요?”

“이게 노래가 안 넘어가…… 계속 이 노래만 나와요, 아가씨. 미치겠다니까 정말…….”

그제야 ‘1곡 반복 재생’ 버튼에 불이 켜져 있는 게 여자의 눈에 들어왔다. 여자는 새끼손가락을 바싹 뻗어 남자가 내민 화면 위로 터치했다. ‘1곡 반복 재생’이 ‘전체 재생’으로 바뀌었다. 노래가 다른 노래로 넘어갔다. 도움을 받은 술 취한 개구리가 뿅하고 왕자님으로 변하는 일을 일어나지 않았다. 그저 이번 노래가 다음 노래로, 정해진 순서에 따라 그렇게 넘어갔다. 남자는 거의 울먹이는 목소리로 여자를 향해 연신 절을 했다. 음악을 들을 수 있게 되었다. 내가 원하는 음악을 원하는 대로 들을 수 있게 되었다. ‘마지막 잎새’를 들을 수 있게 되었다. 살겠다, 이제야 살겠다.

“고마워요, 고맙습니다. 이 개 같은 놈들! 아무도 내 말을 안 들어주고 말이야! 내가 병균이야? 내가 뭘 잘못했다고 내 말을 아무도 안 들어주냔 말이야…… 노래가, 똑같은 노래가 계속 나오니까, 그걸 좀 고쳐달라고 하는데…… 그걸 안 들어주고, 아무도 안 도와주고. 고마워 아가씨, 정말 고마워요."

그 시절 푸르던 잎, 어느덧 낙엽 지고. 남자의 스마트폰 스피커에서 노래가 울렸다. 남자는 코러스처럼 중간중간 고마워요, 이 나쁜 새끼들아, 하는 소리를 끝도 없이 내뱉었다. 더 이상 아무도 남자와 여자를 쳐다보지 않았다. 여자의 따뜻한 입김이 나를 관통했다. 맑고 개운한 온기를 품은 숨이다.

여자는 서둘러 정차 역에 내렸다. 남자는 열차를 벗어나는 여자의 뒷모습에 대고 고맙습니다 하고 소리쳤다. 여자는 뒤통수에 쏟아지는 시선을 느꼈고 창피해서 걸음을 재촉했다. 그럼에도 남자는 굴하지 않고 어눌어진 발음으로 여자에게 감사를 전했다. 음악을 듣게 해주어서, 살게 해주어서 고맙다고. 여자는 한 명의 사람을 살리고 계단을 올랐다. 사람들에게 일정한 거리를 두고 계속해서 걸었다. 여자는 서둘러 집으로 돌아가 마스크를 하나 더 만들어야겠다고 생각했다. 오늘 밤은 조금 더 괜찮아진 바느질을 할 것이다.

우남정

숙주 (시) 외

2008년 다시올 文學 신인상을 수상하였고, 2015년 경희 사이버대학 문예창작학과를 졸업하며 본격적으로 시작에 힘쓰게 되었다. 2018년 세계일보 신춘문예 《돋보기의 공식》 당선, 김포문학상 대상을 수상하였다. 시집에는 《구겨진 것은 공간을 품는다》, 《아무도 사랑하지 않는 저녁이 오고 있다》(아르코 '문학나눔우수도서'로 선정)가 있다

누가 어떻게 지내냐고 물으면, 詩로 깁스하고 지낸다고 말하지만, 뒤틀린 일상은 힘겹고, 詩는 잘 써지지 않았다. 거리 두기는 생활이 되었다. 세상은 변했고 인간은 더없이 나약한 존재라는 것을 확인시켜주었다. 누구에게도 선뜻 밥 한번 먹자는 말을 할 수 없었다.

진윤호

아쉬움 (그림)

활동명은 '애택(愛擇)'이며 한자 그대로 사랑을 택하며 살아가는 한 생명체이다. 어린이 그림책, 서평, 영화 리뷰 등 다양한 글과 그림을 작업한다. 《2021 신춘문예 당선 동화동시집》, 산문집 《평범한 일상 속의 특별한 아이콘 - 일일일》 등에 그림을 그렸다. 지금은 청년담론에서 운영진으로 활동중이며 드로잉 세미나의 팀장이다.

코로나는 사람과 멀어지게 했지만 소홀했던 것과
가까워졌습니다.
소홀했던 나와 가까워지고
소홀했던 지구와 가까워지고
소홀했던 소수자와 가까워졌습니다.
소홀했던 것.
앞으로도 계속 소홀했던 것과 가까이 하려합니다.
소홀함이 없는 평등한 삶을 위해….

숙주宿主 (시)

우남정

이것은 우연일까 필연일까

그가 누구인지 모른다 얼굴도 기억할 수 없다 나는 그 저녁 그 카페 어디쯤 앉아 있었을 뿐이다 **118번으로 불리는 그와 나는 어떻게 접선했을까 무심코 눈빛이 마주쳤는지 마감 기일에 쫓긴 원고처럼 허둥댔는지 감미로운 멜로디에 급 공감했는지 그가 내 전생을 아슬아슬하게 스쳐 갔는지 알 수 없다

알리바이가 반성을 몰아간다 왜 거기에 갔는지 누구를 만났는지 자주 외출을 하는지 습관적으로 마스크를 만지작거렸는지 창 쪽을 흘끔거렸는지 턱을 괴고 자주 몽상에 빠지는지

몸이 뜨거워진다 가슴이 두근거린다 숨을 쉴 수 없다 내 몸에서 뭔가가 꿈틀거린다 얼굴이 없는 그가 걸어온다 그의 손이 내 얼굴을 만진다 그의 숨소리가 들린다 나의 뺨에 입술을 대고 있다 나는 오글거린다 소리 지를 수 없다 하얀 시트로 내 얼굴을 덮는다 식은땀을 흘리며,

나는 격리되었다

급속도로 얼어붙고 있다
영혼이 해동되지 않을지도 모른다는 예감이 스친다

누구하고라도, 밥이나 한번 먹자고 해볼 걸 악수하며 가볍게 포옹이나 해볼 걸 아니 뜨겁게 키스라도 해볼 걸 아, 목숨 걸고 사랑해 볼 걸

2020년 9월 28일 어머니가 돌아가셨다. 임종도 못 했다. 코로나로 면회도 금지된 요양병원에서 한쪽 발은 저세상에 내디딘 채, 무엇을 기다리셨을까. 어머니께 사모곡(思母曲)을 올린다.

굴헝 (시)

우남정

저녁이었다
덤불 속 **별똥별**이 떨어진 자리였을 것이다
알 수 없는 그림자가 일렁거렸다

어머니의 **기저귀**를 간다
멈칫 미세한 경련 같은 것이 스쳐 갔다
욕창 난 둔덕이 무너져 있었다
음모 몇 가닥이 **수풀** 우거졌던 자리에 엉켜 있었다

폐정처럼, 깜깜한 구렁이 간신히 밀어낸
검푸른 돌덩이

화산재 뒤덮인 기름지고 아름다운 땅이었을
핏덩이가 솟아오르던 간헐천이었을
끓어오르던 숨길이었을
그 화산에서 아직 유황 냄새가 난다

어머니의 기저귀를 간다
바싹 마른 가랑이 사이로 여진처럼

무한無限이 태어나고 있었다
어린 계집아이의 사타구니를 닦아내던 어머니처럼
나는 어머니의 깊고 깊은 어둠을 닦아낸다

식어버린 분화구에서
검멀레 **해변**에서 **화산석**을 줍는다

몸부림치며 굳은 돌 속에는 신비한 굴형* 이 있다

*굴형: 구렁의 제주도 방언.

출처《아무도 사랑하지 않는 저녁이 오고 있다 /우남정》

그렇게 꽃은 피었다 지네 (시)

우남정

저녁이 엎드리네
접시는 접시끼리 대접은 대접끼리 종지는 종지끼리
담았던 것을 비우고 같은 방향으로 순하게 눕네
서로의 물기가 말라갈 때까지
비눗방울 같은 진공이 잠시 머물다 가네

어떤 포옹은 위태로워라
포옹이 포옹을 물고 잘 빠지지 않네
수작업으로 구운 도자기 그릇들
허공을 담은 꽃들
둘레와 깊이가 미세하게 다른 것들은 잘 포개지지 않네
어긋난 여백은 깨지기 쉽네

사는 일은 생떼 같아 늘 설거짓거리를 남긴다네
매일매일 새 그릇이 필요하듯
작거나 넓적하거나 둥글거나 길쭉하거나
그렇게 하루가 피었다 스러지네
덜거덕거리던 것들을 물소리에 씻어내네

돋아난 달이 창문에 걸려 잠을 말리는 동안

포개질 수 없는 것들은
따로 씻어
무명수건 위에 가만히 엎어놓아야 하네

출처《아무도 사랑하지 않는 저녁이 오고 있다 /우남정》

고위험군 분투기(奮鬪記) (단상)

우남정

집에만 있으라 하네요. 사람이 무서워졌어요 손주들도 당분간 오지 말라고 한 것이, 벌써 9개월이 넘었어요 찬거리는 사람이 별로 없는 오전에 동네 마켓에서 얼른 사 와요. 오자마자 목욕을 하고 옷도 갈아입어요 처음에는 비닐장갑을 끼고 다녔어요 딸이 주문한 택배는 배달원이 간 뒤 들여놓고 소독약 뿌린 후 개봉했어요. 엘리베이터에서 사람을 만나면, 마스크를 써도 고개를 숙이거나 외면하게 돼요 처음엔 미안했지만 이젠 당연한 것처럼 느껴져요

하루에 열 번도 넘게 날아드는 안전문자 소리에 가슴이 덜컹거려요 목이 좀 칼칼해지면 혹시나 하는 두려움에 잠도 잘 못 자요 공연이 가슴이 조이고 머리가 지끈거려 감기약이라고 먹어야 마음이 놓이죠 경로당의 친구들도 못 본 지도 오래되었어요 처음에는 전화도 하다가 요즘은 어찌 지내는지 몰라요 나처럼 혼자 사는 게 그래도 낫다네요 집에 있으니 바늘방석에 앉은 것 같다는 친구가 많아요 어느 요양원이 집단 감염되었다는 뉴스를 듣고부터는 모두 입을 굳게 닫았지요

오늘같이 날씨 좋은 날은 근처 공원도 걸어보고 싶어요 몇 년 사이에 저렇게 맑은 하늘과 구름은 첨 봐요 저 골목에 있는 칼국수 집에 가서 국수 한 그릇 먹고 싶지만 꾹 참아요 TV에서 재난방송만 보다가 잠드는 게 일상이에요.

사람이 독해지니 바이러스도 독해지나 봐요 언제까지나 이렇게 살아야 할까요 누군가는 자연의 법칙이라나 정글의 법칙이라나 우리 같은 고위험군이 빨리 죽어야 지구가 헐렁해진다고, 천적이 없는 종種에 대한 자연의 경고라고 뭐 그러기도 하는데요 사실은요 코로나 그 짐승이 잠든 새 구차한 이 목숨 덥석 물어갔으면 좋겠어요

정남일

안전한 만남 (소설)

1988년 성남에서 태어나 수원대학교 국어국문학과를 졸업하였다. 2017년 영남일보 신춘문예에 단편소설 《라스트 장용영》이 당선되어 작품 활동을 시작했다. 소설 《소연의 시간》을 통해 세월호 추모 소설집 《숨어버린 사람들》(공저)에 참여했다.

코로나19가 얼른 끝나 올해 태어난 아기 정우주가 세상과 '안전한 만남'을 했으면 하는 바람이 있다.

정사빈

안전과 불안전 그 사이 (그림)

울산에서 태어났다. 울산예술고등학교 졸업, 울산 대학교 예술대학 미술학부 동양화과 졸업했다. 2017년 첫 번째 개인전 'Antique', 2020년 두 번째 개인전 '기억과 오기억'을 개최했다. 2019년 울산 젊은 사진가회 정기 회원전 'Moreover' 단체전에 참여했고, 그 외 단체전 14회 참여했다. 산문집 《평범한 일상 속의 특별한 아이콘 - 일일일》 등에 그림을 그렸다

2020년은 코로나로 인해 많은 것들이 바뀌고, 많은 사람들이 코로나로 인해 너무나도 힘든 한 해였습니다. 하루라도 빨리 코로나가 종식이 되어, 예전의 생활로 돌아갔으면 하는 마음뿐입니다. 코로나가 끝날 때까지 모두 개인위생 철저히 신경 쓰시고, 조심하시길 바랍니다.

안전한 만남 (엽편소설)

정남일

남자의 첫인상은 차가웠다. 처음에 인사를 나눌 때를 제외하고는 거의 말을 하지 않았다. 애피타이저로 샐러드와 빵이 나왔을 때도 마찬가지였다. 나는 분위기를 바꾸기 위해 남자에게 여러 질문을 던졌다. 하지만 남자는 모조리 단답으로 대답했다. 질문은 대화로 이어지지 못했다. 어색한 침묵이 계속되었다. 나는 물을 들이켜며 머릿속으로 생각했다. 남자와 소개팅은 아무래도 망한 것 같다고.

한 달 전 남자의 사진을 전달받았다. 솔직히 남자는 내 스타일이었다. 한눈에 봐도 나에게 과분할 만큼 괜찮은 외모였다. 균형 잡힌 얼굴에 이상적인 신체 비율은 모델 같이 느껴졌다. 반듯한 눈매에서 풍기는 차가운 이미지는 신비로운 느낌을 더 했다. 당시 나는 들떠 있었다. 원피스를 새로 샀고 립스틱 색상도 바꾸었다. 오랜만에 느끼는 설레는 감정을 가능한 오래 즐기고 싶었다. 남자의 매력적인 모습을 사진으로 확인해서 그런 것만은 아니었다. 그보다는 새로운 누군가를 만난다는 것 자체가 소중한 기회처럼 느껴졌다.

그만큼 사람을 만나기 쉽지 않은 시대였다. 십 년 전 발생한 코로나바이러스-19는 아직도 사라지지 않았다. 끊임없이 변이를 거듭해 결국, 지금까지 살아남았다. 급기야 WHO는 코로나바이러스-19가 인플루엔자와 같이 매년 백신을 접종해야 하는 엔데믹, 즉 펜데믹 상태가 끝나지 않고 인류와 공생하는 단계에 와 있다고 발표했다. 더 심각한 점은 코로나바이러스-19의

높은 치사율이었다. 보통 엔데믹 단계에 와 있는 바이러스는 시간이 지나면서 독성이 약해지는 대신 전염성이 강해지는 쪽을 택했다. 이미 인류와 공존하고 있는 인플루엔자나 에이즈, 말라리아 등이 대표적인 예였다. 하지만 코로나바이러스-19는 앞서 말한 것처럼 독성이 점차 강해지면서 치사율이 높아졌다. 더불어 그 끔찍한 전염성도 전혀 줄어들지 않았다. 자연스레 거리에는 사람이 점차 사라졌다. 기술의 발전을 바탕으로 많은 일이 점차 만나지 않고 가능해졌다. 사람들은 각자의 공간에서 디지털 기기를 이용해 대부분의 일을 처리했다. 그렇다고 모든 일이 비대면으로 가능한 건 아니었다. 그리고 비대면으로 어려운 일 중 대표적인 것 중 하나가 바로 연애였다.

연애는 정부의 국책 사업 중 하나인 '출산율 증가 정책'의 가장 바탕이 되는 밑거름이었다. 정부는 이삼십대를 포함한 모든 결혼 적령기 혹은 1인 가구의 연애를 독려했다. 하지만 대부분은 증강현실을 통한 온라인 모임으로 서로를 탐색하다가 끝났다. 정말 서로 끌리는 경우를 제외하고는 코로나바이러스-19의 위험성을 무시하고 집 밖으로 나가기 쉽지 않았다. 정부도 가만히 있지 않았다. 연애를 자유롭게 할 환경을 먼저 조성해야 한다고 판단했다. 그래서 만든 게 '인연'이라는 고리타분한 이름의 만남 주선 애플리케이션이었다. 인연은 조금 예스러운 이름과 달리 빅데이터를 바탕으로 한 첨단 과학기술을 자랑했다. 외모, 나이, 직업, 소득, 재산, 가정환경, 성격, 지역, 취미, 독서 취향 등 스물여덟 가지

항목의 정보를 취합해 가장 연인이 될 확률이 높은 이성을 소개해주었다.

스물여덟 가지 항목의 빅데이터를 취합했다는 건 아무래도 거짓인 거 같았다. 그렇지 않고서야 남자와 이렇게 대화가 안 통할 리 없었다. 나는 답답한 마음에 애꿎은 빵만 여러 번 찢었다. 찢은 빵 한 조각을 입안에 넣고 남자를 향해 물었다.

"그럼 이상형은 어떻게 되세요?"

남자는 곰곰이 생각하는 모습이었다. 아니, 꽤 심각하게 고민하는 것 같았다. 전처럼 바로 단답으로 질문을 한 것과는 다른 모습이었다. 나는 남자가 어떻게 대답할지 궁금했다. 그리고 머릿속 한켠에는 혹시 나를 짐작할 수 있을 법한 낱말이 나오지 않을까, 기대하기도 했다. 그런데 남자의 입에서 나온 말은 전혀 내 예상과 달랐다.

"조용한 사람, 말이 없는 사람이요."

나는 남자의 대답을 어떻게 받아들여야 할지 알 수 없었다. 설마 지금 나보고 그만 떠들고 조용히 밥이나 먹으라 말하는 걸까? 기계적으로 음식을 씹으며 남자의 말에 숨은 속뜻을 곰곰이 생각했다. 남자가 나를 끔찍이 싫어한다는 것 외에는 다른 생각이 들지 않았다. 지금까지 말수가 적던 것도 같은 맥락으로 이해되었다. 그런 생각이 계속되자 남자를 쳐다볼 용기가 나지 않았다.

그사이 주문한 파스타가 나왔다. 남자는 알리오 올리오 파스타가 입에 맞는지 빠른 속도로 먹었다. 반면 나는 조금 전 남자의 대답 때문인지 마치 고무줄을 씹는 기분이었다. 더는 남자와 시간을 보내고 싶지 않았다. 가방에서 휴대폰을 꺼내 만지작거렸다. 당장 전화벨이 울렸으면 좋겠다고 생각했다. 대출을 권유하는 광고 전화여도 좋았다. 만약에 전화만 온다면 세상에서 제일 급한 일이 생긴 사람이 된 것처럼 연기할 거였다. 나는 급한 일이 생겼다고 말하며 남자와 헤어지는 상상을 하자 조금 기분이 나아지는 것 같았다.

나는 남자의 선택을 존중하기로 했다. 남자가 파스타를 전부 먹은 것을 확인한 뒤 자리에서 일어났다. 그리고 남자를 향해 고개를 숙이며 정중히 말했다.

"그럼 저는 이만 가볼게요."

그러자 처음으로 남자가 먼저 입을 열었다.

"잠시만요!"

남자의 목소리에는 다급함마저 느껴졌다. 나는 예상외에 남자의 태도를 보고 그 자리에 멈춰 섰다. 남자는 어색하게 웃어 보이며 말했다.

"혹시 세 시간은 채워 주시면 안 될까요?"

나는 남자의 말을 듣자, 머릿속에 한가지 낱말이 스쳤다. '연애급여', '연애'와 '실업급여'를 합성해 만든 신조어였다. 인연을 통해서 이성을 만나는 경우, 일정 조건을 채우면 다양한 지원금을 받을 수 있었다. 이 지원금을 받는 과정이 마치 실업급여를 받는 과정과 매우 흡사했다. 또한, 금액 역시 급여에 준한다고 봐도 될 정도로 적지 않았다. 게다가 커플이 되었을 때를 비롯해 기념일과 결혼, 출산 등 연애급여를 타 먹을 기회도 많았다. 그중에서도 연애급여의 가장 기본은 바로 '데이트 지원금'이었다. 그리고 데이트 지원금의 가장 기본이 되는 조건이 바로 세 시간 이상 이성과 시간을 보내야 하는 거였다.

나는 그제야 모든 게 이해가 되었다. 남자는 이미 인연을 통해 다섯 번이나 이성과 만났을 거였다. 그리고 그 다섯 번째 이성이 바로 나였다. 남자는 오늘 나와 세 시간 이상 만나고, 몇몇 평가와 교육만 이수한다면 아르바이트 한 달 급여에 준하는 데이트 지원금을 받을 수 있을 것이다. 나는 화가 치밀어 올랐다. 남자의 부탁을 들어주고 싶지 않았다. 남자에게 나는 처음부터 그저 적당히 시간을 때우다가 돌아갈 상대에 불과했다. 나는 남자를 향해 똑바로 말했다.

"저는 두 달 만에 겨우 잡은 기회였어요."

인연을 통해 매칭이 잡히기는 쉬워도 실제 만남까지 이어지려면 적게는 한 달, 많게는 석 달을 기다려야 했다. 인연의 가장 큰 모토는 '안전한 만남'이었다. 애초에 정부는 남녀가 만날 수 있는 안전한 환경을 조성하고자 했다. 그에 걸맞게 인연은 방역이 완벽한 음식점 및 카페에서만 만남을 주선했다. 지금 앉아 있는 이태리 음식 전문점도 마찬가지였다. 모든 테이블은 각자 방으로 나뉘어 있었으며, 다른 손님이나 종업원을 마주칠 일이 최대한 없게끔 동선이 짜여 있었다. 다시 말해 이런 방역 음식점은 예약 한 번을 잡으려 해도 오래 기다려야 했다. 남자는 내 말을 이해했는지 미안하다고 사과했다. 나는 남자의 짧은 사과가 더욱 마음에 들지 않았다. 다시 자리에 앉아 남자를 쳐다보았다. 그리고 왜 남들에게 피해를 주느냐고 쏘아붙였다. 남자는 짧고 명료하게 대답했다.

"생활비가 없네요."

"그게 저와 무슨 상관인가요?"

그제야 남자는 마치 죄인이 된 것처럼 고개를 숙이고 작은 목소리로 자신의 상황을 설명하기 시작했다. 나는 남자의 상황을 잠자코 듣고 있었다. 남자를 향해 취업이나 자격증 혹은 자기계발 같은 뻔한 이야기를 할 수 없었다. 다시 말하지만, 코로나바이러스-19는 끝나지 않았다. 필요 이상의 노력을 해도 평범하게 살기조차 어려운 시대였다. 나는 남자의 말에 고개를 끄덕여주었다. 남자는 자신을 이해해준다고 생각했는지, 대뜸 감사하다고 말했다. 더불어 연애급여를 받기 위한 팁을 알려주기 시작했다. 나는 얼떨결에 남자에게 시간을 채워 주겠다고 약속한 셈이 되어버렸다. 갑자기 다시 화를 내며 자리에서 일어나기도 애매했다. 결국, 나는 남자에게 한 가지 조건을 걸었다. 남은 시간 동안의 대화는 남자가 주도해 달라는 것이었다.

남자는 당연히 내 조건을 받아들여야 했다. 그런데 예상외로 남자는 머뭇거렸다. 잠시 뒤 내 조건을 받아들이는 대신, 자신도 한 가지 조건을 걸어도 되겠냐고 물었다. 나는 남자를 향해 조건을 내걸 수 있는 처지가 아닐 텐데요, 하고 말하려다가 관두었다. 어느새 나 스스로 남자와 대화를 즐기고 있다는 걸 알아버린 탓이었다. 그만큼 오랜만에 사람을 마주하고서 대화를 나누는 거였다. 나는 남자가 다소 무리한 요구가 아닌 이상 들어줄 생각이었다.

남자의 조건은 간단했다. 마스크를 쓰고 대화를 하자는 거였다. 나는 대답 대신 마스크를 썼다. 남자는 처음으로 미소를 보인 뒤 나를 따라 마스크를 썼다. 나는 그제야 남자가 대화에 소극적이었던 이유를 알게 되었다. 남자는 자신의 조건이 받아들여진 덕분인지 몰라도 적극적으로 대화를 하려 했다. 그러나 나는 남자의 말을 중간에 끊고, 남자에게 질문했다.

"그럼 연애 급여만 목적이신 거예요? 아니면, 좋은 사람이 나타나면 만날 생각도 있으신 거예요?"

나는 질문을 하고서도 아차, 싶었다. 혹여나 남자가 아직도 내가 관심을 갖고 있을 거라고 오해할까 봐 걱정되었다. 남자는 곧바로 대답했다.

"저는 결혼을 하고 가족을 꾸릴 생각은 없습니다."

남자의 말이 필요 이상으로 단호해 보였다. 자신에게 관심 갖지 말라는 신호일까, 싶었다. 나는 적극적으로 남자에게 관심이 없다는 걸 표현해야 했다. 하지만 마땅한 대답이 떠오르지 않았다. 남자는 내가 말이 없자, 조심스럽게 다시 입을 열었다.

"저는 가족을 전부 잃었어요. 근 십 년 동안 목숨을 잃은 사람 중 상당수가 그렇겠지만 코로나바이러스-19 때문이었습니다. 코로나바이러스-19가 세상에 나온 지 삼 년째 되던 해, 그러니까 재작년을 제외하고 가장 치사율이 높은 해에 아버지가 코로나바이러스-19에 걸렸어요. 저는 당시 대학생이었습니다. 학교 앞 원룸, 네 평도 되지 않는 작은 방에서 코로나바이러스-19가 아버지에게서 어머니로 곧이어 어머니에게서 여동생에게로 전이되었다는 소식을 들었습니다. 그리고 한 달도 채 지나지 않아 아버지, 어머니, 여

동생이 차례로 목숨을 잃었습니다. 저는 정부 지침에 따라 장례식을 온라인으로 치렀습니다. 온라인 장례식장, 실은 그냥 인터넷 커뮤니티 게시판 정도에 불과한 공간에 고인의 명복을 빈다는 짤막한 글이 반복해 올라왔습니다. 저는 삼 일 동안 그 작은 방에서 고인의 명복을 빈다는 글이 몇 개나 올라오는지 세 는 것을 제외하고는 할 일이 없었습니다. 저는 온라인 장례식이 끝났을 때, 문득 한 가지를 깨달았습니다. 아! 이제 세상에 더는 안전한 만남은 없구나."

나는 어떠한 말을 해야 할지 알 수 없었다. 그냥 그렇군요, 하고 중얼거리듯 대답했다. 동시에 내 주위에도 코로나바이러스-19로 목숨을 잃은 몇몇 지인의 얼굴을 떠올렸다. 나는 분위기를 조금이나마 바꾸고 싶었다. 남자에게 데이트 지원금을 받으면 어디에 쓸 것인지 물었다. 남자는 처음으로 웃으며 말했다.

"마늘을 사 먹을 거예요. 면역력에 좋거든요."

나는 남자가 알리오 올리오 파스타를 허겁지겁 먹던 모습이 떠올랐다. 남자는 나에게도 마늘을 보내주겠다고 말했다. 나는 고맙다고 말하며 웃었다. 남자 역시 웃으며 다양한 이야기를 하기 시작했다. 우리는 남자가 바랐던 세 시간을 꼬박 채우고도 한 시간이 더 지난 뒤에서야 헤어졌다.

집으로 돌아가는 거리에는 사람이 거의 보이지 않았다. 나는 텅 빈 거리를 걸으며 생각했다. 그의 말처럼 더는 안전한 만남이 없다고. 하지만 그럼에도 나와 그는 또다시 누군가를 만나야 할 거였다. 나는 그의 다음 만남이 다소 안전해지기를 바랐다.

1991년 대구에서 태어났다. 대학에서 문학을 전공하였고 2018년, 중앙대 대학원 석사를 수료하였다. 이후 연극배우자 극작가, 기자, 서울문화재단 소속 예술가 교사 등의 활동을 했으며, 2019 조선일보 신춘문예 시조로 등단한 뒤 현재 대구에 거주 중이다.

1년 동안 아무것도 읽지 않았다. 그리고 봄에 책을 샀다. 허무감이 나를 못 쓰게 하지 않도록, 아무도 나를 구원해 줄 수 없다는 희망으로, 묻는다. 모든 눈물은 가치가 있는가.

최보윤

사는 버릇 (시조) 외

그림책과 미술치료를 공부하고 마음치유그림책학교에서 아동부터 성인을 대상으로 그림과 글로 마음을 치유하는 워크숍을 운영하고 있습니다.
제2회 한마음불교 동화 공모전에서 2등을 수상하며 등단했고 제6회 경북선거관리위원회 축제의 선거 일러스트에서 대상을 받았습니다.
《의자선인장》과 《단비가 데려온 고래》를 쓰고 그렸고 앞으로도 마음이 치유되는 그림책을 꾸준히 내고자 작업하고 있습니다.

박찬주

사막의 달 (그림)

사는 버릇 (시조)

최보윤

찬바람 떠밀려 계단에서 자빠진 겨울
금 간 뼈 붙었어도 머리칼은 헝클어지고
억지로 시집을 펼쳐도 나아지는 것 없었다

모든 죽어가는 것들을 사랑하겠다는
이미 죽은 시인의 서시가 떠오른다
어떻게 그럴 수 있을까, 할 말을 찾는다

내가 과연 이 밥을 먹어도 되는지
의심 없이 밥 먹던 시절은 지나가고
매끼를 산다는 것에 가격을 매겨본다

떠안은 삶의 가격표 무서워 얼마간
영수증 구기듯 낭비한 시간들
언젠가 하나하나 펴 정산해야 할 때가 온다

사막의 달

한잔 술 마셨다 뱉는 것에 능숙해지고
발설 된 말들은 의미가 없어진다
매 계절 나아지는 것은 없지만, 써야한다

도망쳐 도착한 곳에 천국은 없다는데
그 말을 믿으면서 다른 곳으로 가려는 나
죽어도 살아야한다고 뉘우치는 밤이 온다

겨울을 견디는 나무의 체온처럼 (단상)

최보윤

그럴 때가 있다
모두 나아가고 있는데
나는 멈춰 있는 것 같을 때
모두 신호를 받고 길을 건너고 있는데
나 혼자 덩그러니 붉은 신호 뒤에 남겨진 것 같을 때
달리는 차에 치여서라도 이 멈춰 있음을 없애버리고 싶을 때

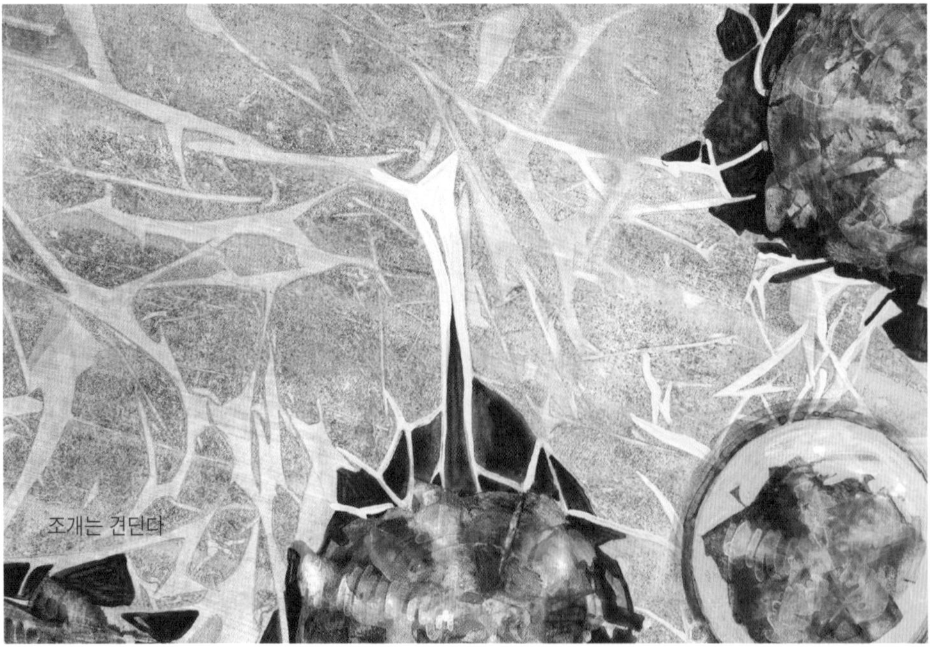
조개는 견딘다

마침 비가 온다
누구나
혹은 언젠가
그런 기분을 느끼면서 비를 견디는 거겠지
언젠가 좀 더 나아지겠지,
그런 생각을 위안으로

산다
살아진다

발목 잘린 겨울과
겨울을 견디는 나무의 체온처럼
그렇게 희게

우리가 만약 살아남는다면 (단상)

최보윤

어릴 땐
보이지 않는 것들의 꿈을 꿨는데
언제부턴가
그리운 것들이 꿈에 나온다
다시 보고 싶은 것들이

매일 꿈에서 보고
화해하고
나는 또 쉽게 믿어버린다
아무에게도 설명할 수 없는 그것을

눈을 뜨면
언제쯤 충분히 강해질지 묻는다

내가 무엇인지
이게 다 무슨 의미인지
제대로 살고 있는지
확신할 수 없을 때
나를 혹사시키고 싶은 마음

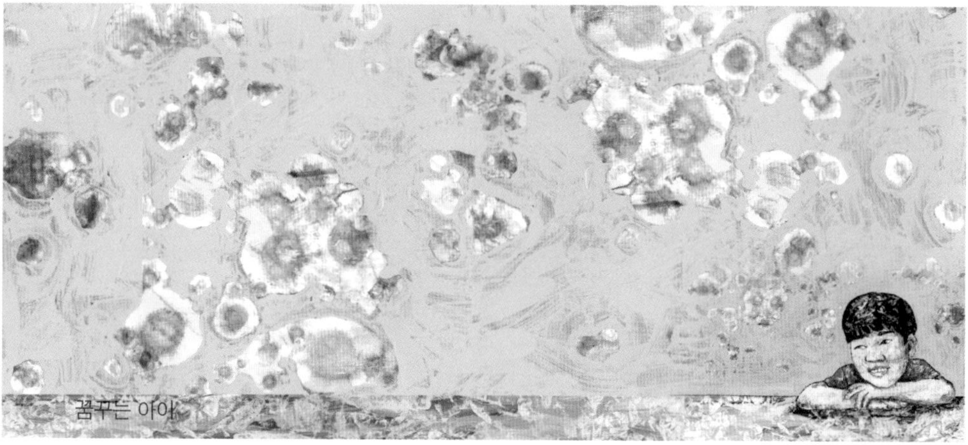

이 마음을 이해하는 밤

누구나 그럴 수 있다고 믿으면서
우리가 만약 살아남는다면

이제는 쉽게 말하고 싶다

웃자고
최선으로,
웃는다

백 영

다가오는 것들 (콩트)

전북 익산에서 태어나, 고려대학교 국문학과를 졸업하였다. 2019 농민신문 신춘문예로 등단했다. 소설을 쓰기 전에는 시와 동화를 썼다. 세월호 잠수사와 기억의 고통을 변신 모티프로 그려낸, 단편소설《염소》를 발표하면서 본격적인 소설가로서 작품 활동을 시작했다.

그 보이지 않는 존재의 크기는 0.1 나노 픽셀. COVID-19로 명명된 이름으로 그 존재가 우리 앞에 나타난 이후 일상은 전복되었다. 2020년 12월, 크리스마스를 며칠 앞두고, 시에서는 5인 이상 집합을 금지했다. 같은 날, 나는 정부 방침에 의해 고객님의 예약은 취소되었다는 문자를 받았다. 몇 년 후, 그날은 어떻게 기억될까. 1월부터 12월까지 있었던 모든 치명적인 일과 사건과 숫자들은 잊힐 수 있을까. 불확실성 속에서 분명히 예측되는 단 하나의 사실은, 이 악몽 같은 상황은 결국 다 지나갈 것이라는 것이다.

김혜숙

달라진 삶 (그림)

보리·여원미디어 등 다수 어린이그림책 작업과 대우·한화, 금강원 등 기업사보 작업을 했습니다. 현재 석수동 조그만 작업실에서 표현해 보고 싶은것들을 나의 그림언어로 만들어 나가고 있습니다. www.instagram.com/hye.sook_kim

코로나 사태가 터지고 나서 일 년간 너무나 많은 것들은 변했습니다. 모든 학업과 생계는 다른 방식으로 살아남거나 때로는 멈춰야 했습니다. 다행히 일 특성상 저는 작업실에서 혼자 작업을 이어나갈 수 있었습니다. 그러나 작업을 하는 일 년 동안 세상의 사건·사고가 뉴스를 통해 전해져 왔고 어린이집 공지와 아이의 엄마들의 카톡 문자에 가슴이 철렁한 일들이 몇 번이고 있었습니다. 하루에도 몇 번씩 재난 문자가 올 때마다 가슴을 쓸어내려야 했습니다. 그런 일 년을 보내며 코로나에 대해 여러 가지 생각과 감정과 느낌들이 문득문득 올라왔습니다. 그런 것들을 마침 작업으로 표현해 보고 싶었는데 코로나 시대 작업에 참여하게 되어서 많이 반가웠습니다.

다가오는 것들 (콩트)

백 영

봄은 좀처럼 오지 않았다. 사람들은 봄에도 겨울 패딩 옷을 입고 다녔다. 거리에 나온 사람들은 코와 입을 하얀, 파란, 검정 마스크로 가린 채 어깨를 움츠리고 걷고 있었다. 문이 닫힌 박물관과 도서관, 폐쇄된 건물과 텅 빈 광장과 적막한 거리와 굳게 닫힌 성당과 교회의 유리문, 가게 진열장에서 고요함과 괴괴함을 느껴야 하는 시간이었다.

'지나갈 것이다, 지나고 있다, 거의 다 왔다.'

어떤 일을 시작할 때마다 그는 주문처럼 그 말들을 외는 버릇이 있다. 무릇 시작이 있으면 끝이 있는 법. 하나의 문장이 마침표와 함께 끝나는 것처럼 그건 자연스러운 거다. 하지만, 이번 경우는 좀 특이했다. 마침표가 없었다. 업데이트되는 숫자들만 있을 뿐이다.

어느 날부터 그는 그 숫자들에 눈길을 주지 않았다. 특히, 텔레비전의 뉴스 속보로 중계되는, 유행병에 걸린 사람들과 관련된 누계 숫자 중 사망자 숫자에는 한 번도 눈을 준 적이 없다. 이미 사망한 사람은 다시 살아날 방법이 없으니 그 숫자는 영영 줄어드는 법이 없을 터였다. 그 지독한 일들은 자신과는 아무 관계가 없는 일 같았다. 숫자들이 무서워지기 시작한 건 119구급차에서 전화가 걸려 온 그날 밤부터다.

달라진 삶

밤 8시와 9시 사이 휴대전화에 찍힌 부재중 전화는 여덟 통이었다. 그때 그는 회식 중이었다. 모두 여동생이 전화한 것이다. 뒤늦게 전화연결이 되었다. 전화를 받지 않아서. 너무 불안해서. 그래서 119를 불러야만 했다고 여동생은 전화를 받자마자 울먹거렸다. 여동생은 공황 상태였고, 곁에 있던 구급대원이 휴대전화를 넘겨받았다.

할머니께서 낮에는 말씀을 잘하셨다고 하는데, 지금, 이름을 여쭤봐도 아무 대답을 못 하세요. 상태로 봐서는 머리 쪽 문제일 수 있는데 이대로 두면 점점 더 나빠질 수 있어요. 지금 갈 만한 병원을 찾고 있는데 가장 가까운 병원이 코로나 확진이 떠서 응급실을 폐쇄했어요. 다른 병원을 알아보고 있는 중이에요.

구급대원은 다시 여동생에게 전화를 넘겼다.

재난 소득 카드를 기한 내로 빨리 다 쓰라고 문자가 자꾸 왔어. 카드를 쓰려고 오늘은 마트, 약국, 또 마트 세 번이나 나갔다 와야 했어. 그런데 약국은 대기 줄이 너무 길고, 마트에는 또 너무 사람이 많은 거야. 내가 기다리는 동안 엄마는 계속 혼자 집에 있으셔야 했어. 내가 잘못해서 엄마가 갑자기 쓰러진 거지?

여동생은 자책했다. 그의 어머니는 5년 전, 아버지가 돌아가신 후에 미혼의 여동생과 살아왔다. 여동생은 아파트 단지 안에서 산책하거나 운동하는 어머니 모습을 휴대전화로 찍어 보내주곤 했다. 그것들이 그에게는 환자 관찰 모니터에 뜨는 산소포화도, 혈압, 심박 수의 지표들 같았다. 사회 복지센터 직원이 연락이 끊긴 집을 찾아갔다가 사망한 모녀를 발견했다는 뉴스를 접했을 때 마음이 불편했기 때문에 그는 여동생의 문자를 받을 때 안도감을 느끼곤 했다.

그날은 토요일이고, 의사들이 총파업을 예고한 다음 날이었다. 만약 119를 부르기 전에 전화를 받았어도, 의학지식이 없는 그로선 일단 주말은 넘기고 월요일에 병원에 가보자고 말하는 게 전부였을 것이다. 그렇다면 분명 골든타임을 넘겼을 것이다.

응급실로 향하는 그를 하얀 방역복을 입은 사람들이 가로막았다. 체온을 재고 나서 출입자 기록 명부에 이름을 쓰라고 했다. 보호자 중 한 사람만 병원 안으로 들어올 수 있다고 해서 그는 여동생을 집으로 돌려보냈다.

주치의는 촬영된 어머니의 뇌 사진을 보여주고 사진 속의 하얀 얼룩들을 가리켰다. 경색이 발생한 곳이었다. 그 부위는 언어영역을 관장한다고 했다. 혈관 촬영 사진도 보여주었다. 혈관이 너무 가늘어요. 의사가 말했다 그것은 앞으로도 계속 위험한 일이 생길 수 있는 가능성을 보여주는 것이라고 말했다. 그래도 골든타임을 넘기지 않고 신속히 병원으로 이동해서 마비가 덜 진행되었다고 의사는 위로했다.

어머니는 중환자실을 거쳐 뇌졸중 집중치료실로 옮겨졌다.

그후 주치의는 어머니가 재활 전문 요양병원으로 가야 한다고 말했다. 그즈음 며칠 간격으로 요양병원의 실태와 관련된 보도가 나오고 있었다. 뉴스에 소개된 요양병원들은 노인들을 잠재우기 위하여 향정신성 약물을 많이 사용했다. 욕창에 걸린 노인을 병원 측이 방치하는 바람에 부모가 비참하게 죽어갔다고 유가족들은 하소연했다. 면회 금지 조치 후 요양병원에서 노인 사망자가 많이 발생했다는 사실이 며칠 간격으로 전해졌다. 그는 어머니가 입원 가능한 요양병원을 찾아가 상담할 때마다 그 뉴스들을 떠올려야 했다. 그는 상담한 곳 중에서 집에서 가장 가까운 요양병원을 선택했다.

다음 날, 그는 이송 예정인 요양병원 관계자로부터 전화를 받았다. 병원 소속 간병인과 간호사가 코로나19 진단 검사에서 양성반응이 나와서 보건소의 추가 조치가 있을 때까지 환자를 받을 수 없게 되었다는 것이다. 그는 당황했다. 다른 병원을 알아보기 시작했다. 병원마다 빈 병상이없다며 대기

하라고 했다. 겨우 구한 병원은 집에서 먼곳이었다.

그동안 비대면 면회가 가능했으나, 사회적 거리 두기 2단계 조치에 따라 앞으로 면회는 전면 금지입니다. 단, 일주일에 한 번 화상통화로 면회 가능합니다.

전원 절차가 끝나자 요양병원의 담당 간호사가 말했다.

그는 요양병원에서 알려준 번호로 비대면 화상면회를 신청했다.

이윽고 휴대전화 화면으로 어머니의 얼굴이 비쳤다.

아들아, 여기가 대체 어디냐?

그런 말을 담은 듯한 어리둥절한 눈빛과 함께 어머니의 거친 숨소리가 화면 너머에서 들려왔다. 어머니, 조금만 참으세요. 곧 뵈러 갈게요. 그는 큰 목소리로 말했으나, 그 목소리가 화면 너머의 어머니에게 전달되는지 확인할 수 없었다. 이윽고 화면이 꺼지자, 작은 창 속의 어머니 얼굴이 함께 사라졌다.

폴더 안에 저장된 어머니 사진이 눈에 들어왔다. 그는 감염병이 세계적 유행병으로 확산되기 직전에 어머니와 여동생을 데리고 속초의 바다에 갔었다. 바다가 잘 보이는 전망 좋은 카페에서 차를 마셨다. 고요하고 아름다운 바다를 배경으로 어머니가 그를 바라보며 환하게 웃고 있었다. 사진 속의 웃고 있는 얼굴은, 요양병원으로의 전원을 위해 이동 침대 위로 옮겨지던 순간의 어머니 눈빛으로 바뀌어 떠올랐다. 어머니의 눈빛은 불안하게 흔들리고 있었다. 말을 듣지도, 내가 지금 어디로 가느냐고, 물을 수도 없는 상태가 된 노모는 본능과 감각에 의존해서 그 상황을 느껴야 했을 것이다. 어머니, 이제부터 재활 훈련을 받으셔야 해요. 음식을 삼킬 수 있으면 집으로 오실 수 있어요. 그는 귀가 어두운 노모의 귓전에 입을 가까이 대고 큰소리로 그 말을 여러 번 반복했었다.

그는 휴대전화를 내려놓고 거실 텔레비전에 시선을 주었다. 중앙 방역대책본부에서 나온 노란 옷을 입은 관계자가 브리핑을 막 시작하고 있었다. 그의 눈이 화면의 상단에 표시되는 환자들의 숫자를 향했다. 사망자 수는 어느새 세 자릿수가 되어 있었다. 그의 등으로 찬 기운이 스며들었다. 아직은 여름이었다. 그는 눈을 감고 혼잣말처럼 주문을 외우기 시작했다.

'다 지나갈 것이다…….'

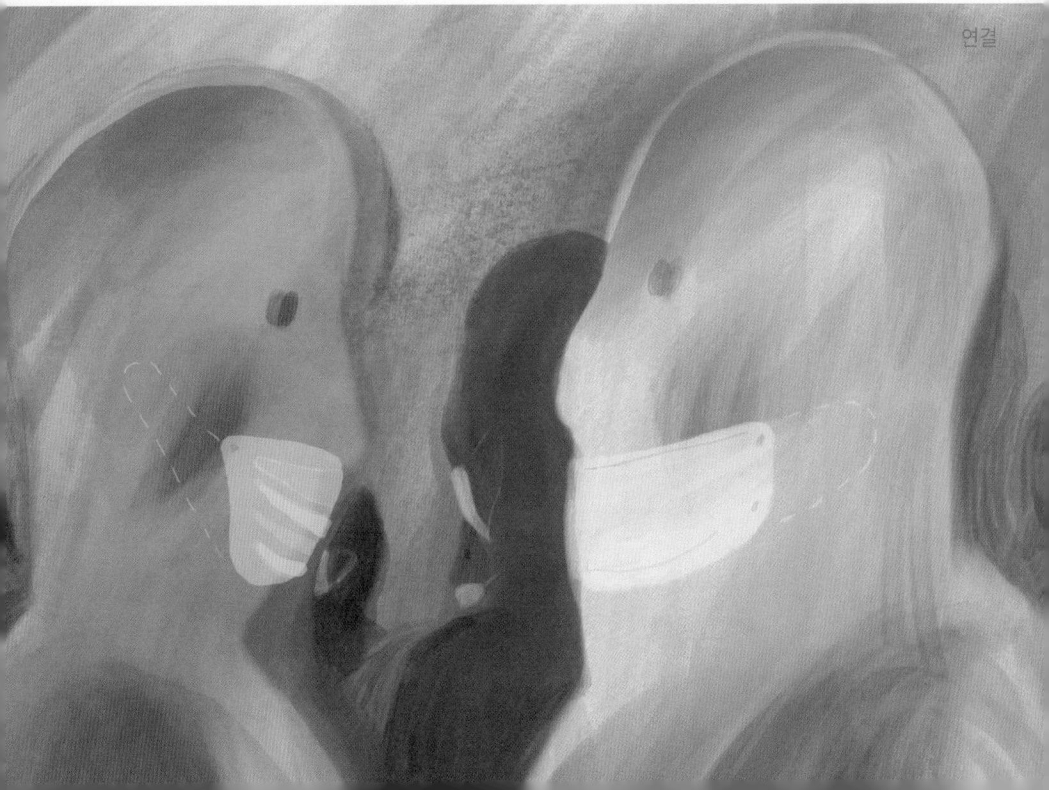

박성민

비대면의 가을 (시) 외

박성민 시인은 전남 목포에서 태어나 중앙대 대학원 문예창작학과를 졸업하고 2002년 전남일보 신춘문예 시 당선, 2009년 서울신문 신춘문예 시조 당선으로 등단하였다. 시집으로 《쌍봉낙타의 꿈》, 《숲을 金으로 읽다》, 《어쩌자고 그대는 먼 곳에 떠있는가》가 있다. 가람시조문학상 신인상, 오늘의시조시인상을 수상했다.

어차피 삶이란 혼자인 것이지만, 비대면의 시간이 길어진다. 조선판 고흐로 불리는 최북, 시시한 삶이라는 그릇이 광기 서린 천재들을 담아내지 못할 때, 그들은 스스로 이 삶을 박차고 저 죽음의 공간으로 가버리곤 한다. 어깨를 짓누르는 가난과 고독이여. 아아, 토르소처럼 우울한 예술가의 삶이여.

강하연

Blue & Grey (그림)

대학에서 회화를 전공하고, 나라말 출판사의 《박씨전》에 그림을 그리며 그림책과 인연을 맺게 되어 주로 어린이 그림책과 청소년 교재 및 도서에 그림을 그리며 작가로 활동해왔습니다. 《물고기 씨, 안녕하세요?》, 《베니의 비밀》을 쓰고 그렸으며, 《이보시오 낭군님아, 이내 심중에도 천하가 담겼다오》, 《김유신과 천관녀》 등의 어린이 청소년 책에 그림을 그렸습니다. 디자이너로서도 활동하며 전시 및 모빌 디자인 등 아티스트로서 다양한 창작활동을 하고 있습니다.

어느 날 갑자기 찾아온 팬데믹 상황. 살면서 닥쳐올 거라고 누가 예상을 했을까. 당연했던 일상은 더는 당연하지 않고 암담한 소식들 속에 힘겨운 매일을 버티는 나날. 하지만 그럼에도, 우리는 더 일상을 소중히 하고 미소를 잃지 않아야 한다. 그렇게 삶은 지속되는 것이다.

비대면의 가을 (시)

박성민

마스크를 다시 써도 차디찬 표정들
무릎이 튀어나온 바지처럼 헐렁하다
흐리고 한때 소나기
쇠창살이 쏟아진다

네모난 원고지 독방에서 살아간다
하늘을 벗어나는 저녁놀도 자가격리
밤이면 생각마저도
문을 걸어 잠근다

Blue & Grey

칠칠(七七) (시)
-풍설야귀도(風雪夜歸圖)-

박성민

생몰연대 미상의 눈발이 흩날린다
울고 간 누군가의 발자국을 더듬으며
온몸을 쥐어짜 긋는
허기의 일필휘지

한쪽 눈 찌르고 안경알을 빼버리면
북녘의 바람도 칠칠(七七)*
두 마리 새도 칠칠(七七)
계곡의 입술을 떠난 휘파람이 날아온다

여태 마신 술보다 흘린 술이 더 많았나
덜 취한 세상의 눈길은 더 춥구나
먹물을 쏟아부은 밤
시퍼런 달이 뜬다

*조선 후기 화가 최북(崔北 1712~1786?)의 자(字)

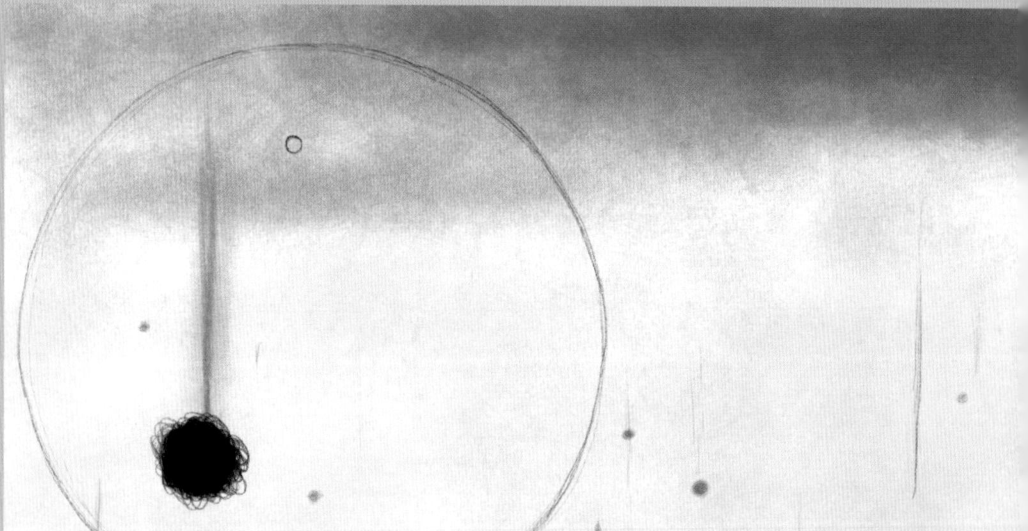
Life goes on

1965년 전남 강진에서 태어나 전남대학교 불문학과를 졸업하였다. 2017년 불교신문 신춘문예 단편소설로 등단했고, 같은 해 목포문학상 단편소설이 당선됐다. 출판사 편집부에서 근무했고, 불교신문 칼럼을 다년간 썼으며, 현재는 소설가 겸 프리랜서로 활동 중이다. 한국소설가협회, 광주문인동호회 문청으로 활동하고 있다

이선재

월출산 유채꽃밭 (수필) 외

호랑이가 울 밑에서 으르렁대도, 긴 뱀이 처마 끝에 걸쳐 있어도 무섭지 않은데 모기 한 마리가 왱 하고 귓가에 들려오면 기가 질려 속이 타고 간장이 서늘하다는 다산의 글을 읽고, 다산 같은 훌륭한 분이 고작 모기 한 마리 때문에 겁을 내다니 하며 크게 웃은 적이 있다. 지금 78억쯤 되는 세계인구가 모기보다 더 작은, 눈에 보이지도 않는 코로나19라는 바이러스 때문에 불안과 좌절과 공포에 휩싸여 있다. 하루빨리 코로나가 극복되어 모두 자유롭게 만나고, 차 마시고, 식사하고, 여행하며 예전의 소소한 일상으로 돌아갔으면 좋겠다.

웹툰작가를 목표로 그림 그리며 살아 가고 있는 고양이 집사입니다. 여행을 좋아하고 문화생활을 즐기며 예쁜 카페에 앉아 작업하는 것이 일상이었고 그런 작은 즐거움에 풍부한 행복을 느끼던 나날들이었습니다.

코로나로 인해 좋아하는 것들을 할 수 없게 되었지만 모두 힘을 합쳐 헤쳐나간다면 다시 예전의 평범했던 일상들을 찾을 수 있게 되리라 믿습니다. 제 그림이 그 노력에 작은 도움이 되었으면 합니다.

이선혜

연락 - 평화로운 나날의 안부 (그림)

월출산 유채꽃밭 (수필)

이선재

깎아지른 기암괴석들이 절경을 이뤄, 평지에 우뚝 솟은 월출산을 병풍으로 두른 오십만 평 들판에는, 유채꽃이 만발해 있다. 흑채색 묵중한 수직과 황채색 하늘거리는 수평은, 선명한 대비를 띠어 환상적인 장면을 연출한다. 그 속에 중년 여인네들이 꽃나들이를 나와, 한껏 그 분위기를 만끽하고 있다. 평소 친목을 다져온 광주, 강진, 영암 권의 고향 친구들이, 월출산 유채꽃이 절정일 때 꽃밭에서 한데 모인 것이다. 그동안 코로나로 인해 서로 간에 만남을 자제해 왔던 터라, 갑갑증이 일던 차에 드넓은 샛노란 유채꽃 물결은, 우리들의 마음을 한껏 들뜨게 했다. 우리는 단발머리 학창시절 소녀들이 되어, 월출산과 유채꽃을 배경 삼아 사진을 찍고, 수다를 떨고, 목청껏 웃으며 봄꽃 나들이의 즐거움을 만끽한다.

우리들이 그러는 동안, 방송국 사람들인지 젊은 남자들 세 명이 한 팀이 되어, 여기저기 장소를 이동해가며 사진 촬영을 하고 있었다. 그러다 우리들이 꽃밭 한쪽에 자리하고 준비해온 떡과 과일 등을 먹고 있을 때, 우리 모습을 카메라에 담겠다고 한다. 어디 방송국이냐고 물으니 M지역방송국이란다. 그중 마이크를 든 사람이 잠깐 인터뷰 좀 하자며 나를 잡아끌었다. 사양했지만 막무가내 요청에 카메라 앞에 서게 되었다.

"어떻게 월출산 유채꽃 구경하러 오셨습니까?" 기자가 묻는다.

"그동안 답답했는데⋯⋯ 이곳은 야외잖아요. 밀폐되거나 밀집된 공간이

유채꽃이 필 때

아니어서 오랜만에 친구들과 바깥바람도 쐬고, 꽃구경도 하면서 즐겁게 보내고 싶었습니다."

저녁 8시대 중앙방송국 메인뉴스 끝나고, 지방방송국 시간에 우리들이 방송에 나왔다. 그런데 "봄에 유채꽃 구경하러 오지 마세요. 가을에 메밀꽃 구경하러 오세요."라는 뉴스 타이틀과 함께 나에게 마이크 안겨준 기자가 장기화된 코로나로 인해 사회적 거리두기 피로도가 쌓여가면서…… 라는 월출산 메밀꽃밭에서의 현장멘트에 이어, 우리들이 꽃밭에 노니는 거랑 간식거리 먹는 장면 등이 화면에 내비치더니 나의 인터뷰가 나온 것이다. 거기까지는 괜찮았다. 뒤이어 영암군수의 인터뷰가 있었는데 내용인즉슨 이미 뉴스 타이틀로 발췌했듯 코로나 때문에 제발 봄에 유채꽃 구경하러 오지 말고 가을에 메밀꽃이 화사하게 피어 만발할 때 오라는 것이었다. 가을에는 유채꽃 베어낸 자리에 메밀꽃을 심는다. 그때만 해도 코로나가 길게 이어질 줄 몰랐을 테다. 아무튼 코로나로 사회적 거리두기 차원에서 외출을 자제해야 할 시기에, 중년 여인네들이 꽃구경한답시고 떼로 몰려다니며, 속없는 행위로 내비치는 영상이 전남권 방방곡곡에 나가고 말았으니 이 무슨 망신이람. 인터뷰한 기자 혼 좀 내고 싶었는데 무슨 컨셉인지도 묻지 않고 인터뷰에 응한 우리 탓도 있으니, 코로나로 인한 해프닝으로 넘어갈 수밖에. 뉴스 나가고 여기저기서 전화 받게 된 것은 망신의 보너스였다.

광주극장 (수필)

이선재

광주 금남로에는 1933년부터 광주시민과 함께해온 광주극장이 지금껏 건재하고 있다. 오랜 세월 누군가의 감성을 울리고 추억이 돼준 공간이, 옛 모습대로 그 자리에 남아 있다는 건 반가운 일이다.

하지만 연륜 있고 덩치 크다고 우대받는 건 아니어서, 광주극장은 멀티플렉스 영화관들에 밀려 그 명맥만을 간신히 유지하고 있다. 다루는 작품들도 주로 예술영화, 저예산 영화, 독립영화여서 주중에는 대규모 영화관에 관람객이 5명 이내일 때가 많다. 나는 지금껏 내가 선호하는 영화들을 한갓지게 관람할 수 있어서, 옛날식 낡은 건물이라 불편한 점이 많아도 광주극장만을 고집해 왔다. 코로나로 인해 사회적 거리두기에도 광주극장을 찾는 즐거움만은 놓치지 않았다.

그러던 차에 밤쉘이라는 영화가 광주극장에서 상영되었다. 멀티플렉스에서 상영되는 영화지만, 코로나로 인해 영화생산이 급감하자 광주극장에서도 며칠간 특별 상영되는 것 같았다. 여하튼 내가 좋아하는 니콜 키드먼이나 샤를리즈 테론이 나와서 관람해야겠는데, 상영시간대가 모두 저녁 7시 마지막 타임이었다. 광주극장은 단관이어서 하루에 5편의 영화를 각기 시간대가 다르게 상영한다. 해서 6시 30분에 영화관에 도착해 2층 대기실에서 기다리는데, 6시 55분 되도록 관람객이 한 명도 나타나지 않았다. 아무리 코로나 때문이라고 해도 유명배우들이 나오는 상업영화여서, 몇 명쯤은 관람하겠지 싶었는데 예상이 빗나가자 불안해졌다. 1층 매표소 직원에게 이 큰 영화관에 나 혼자 관람하게 됐는데 어떡하냐고 걱정하자, 먼저 표 구매한 아가씨 두 명 있다기에, 영화관 2, 3층 내부를 다시 한번 둘러보고 혹시 1층에서 관람하려나 싶어, 2층 난간에서 아래층을 눈으로 샅샅이 훑어봐도 텅 빈 객석뿐이었다. 매표소 직원이 나를 안심시키려고 거짓말했다는 생각에 괘씸하기까지 했다. 그러다 영화가 상영되었다. 관람을 포기하려다가 까짓거, 혼자 관람하는 것도 평생 기억에 남을 일이지, 하며 마음을 다잡고 영화를 관람하는데 집중이 되지 않았다. 밤 시간대에 856석 규모의 3층짜리 껌껌한 영화관에 나 혼자 덜렁 놓여 있다고 생각하니, 누가 몰래 들어와 해코지한다 해도 꼼짝없이 당할 성싶었다. 영화 내용이 방송국에서의 성추문을 다룬 거여서, 직원들이 방송국사무실을 빈번하게 드나들며 문 여닫는 소리가, 마치 영화관에 누가 문 열고 들어오는 것 같아서, 그때마다 깜짝깜짝 놀라며 뒤나 양옆 출입구 쪽으로 눈길이 갈 수밖에 없었다. 그렇게 긴장과 불안 속에 1시간 50분 영화가 어떻게 끝나는지도 모르게 끝나고, 1층 로비로 내려오니 1층 옆 출입구에서 아가씨 두 명이 불쑥 나오지 않는가. 2층 좌석과 맞물리는 1층 끝쪽에 있어서 내가 못 찾았나 보다. 게다가 광주극장은 70미리 대형스크린이어서, 오페라로 치면 2층 객석이 로열석이라, 광주극장을 다녀본 사람이라면 모두 2층에서 관람한다.

“아니 왜 1층에서 봤어요, 2층에서 나 혼자 보느라 얼마나 긴장했는데.”

내 볼멘소리에 두 아가씨와 매표소 직원은 그냥 웃을 따름이었다.

숲그림자- 어두움이 드리워진 숲길

친구네 집들이 (수필)

이선재

A친구가 광주 외곽에 위치한 새 아파트로 이사했다. 진즉부터 집 구경 간다는 게 코로나 때문에 유보하고 있었다. 광주전남 지역은 타 지역에 비해 코로나 청정지역이었는데 근자에, 친구네가 사는 북구 쪽의 교회를 중심으로 코로나 확진자가 갑자기 증가했기 때문이다. 다행히 차츰 줄어들어 확진자가 하루에 2~3명이 되자 B친구와 함께 A친구네 집을 방문했다. 예전 집들이 때는 새로 장만한 장롱이며 소파 등 살림살이 구경하는 재미였는데, 요즘은 최신공법을 이용한 건축술이 날로 진보해서 내부 마감재가 무엇인지, 수납공간은 어떠한지 등으로 트랜드가 바뀌었다.

여하튼 나도 새집에 살고 싶다는 부러움 속에 집 구경을 마친 뒤 친구가 집 근처 한정식에서 우리를 접대했다. 집에서 음식준비 하려다가 코로나도 한풀 꺾여서 근사한 곳에서 만찬을 대접하고 싶어서라며. 유명한 음식점답게 테이블마다 손님들도 가득 찼다. 코로나가 조금 염려스러웠지만 우리는 육해공이 총출동한 만찬을 코스별로 즐기며 코로나 따윈 잊어버렸다.

그러고 일주일쯤 지났을까. A친구에게서 전화가 왔다. 중대본에서 보낸 안내문자 보지 않았냐고. 처음에는 코로나 확진자의 주거지역이랑 동선이 안내문자로 오면, 사이트에 들어가서 꼼꼼히 살펴봤지만 어느 때부턴가 보지 않게 되었다. 매일 하루에도 10통 이상씩 받게 되니 귀찮게 여겨진 탓이었다. 그런데 우리가 만찬을 즐겼던 음식점에 코로나 확진자가 발생했다는 것이다. 확진자는 우리보다 하루 전에 다녀갔다고 한다.

오 마이 갓

매스컴에서 뉴스 첫머리에 매일같이 코로나를 언급해도 남의 일같이 여겼었는데 마침내 나에게 현실로 닥친 것이다. 친구는 집에서 접대하지 않고 음식점에 데리고 간 것에 미안해했다. 우리는 음식점 출입문 쪽에 있었기 때문에, 들고나는 사람들로 수시로 문이 열리며 바깥바람이 통해서 괜찮을 거라며 애써 위안했다.

그래도 왠지 찜찜한 것만은 어쩔 수 없었다. 원래 기관지가 약해서 감기철이 아니어도 기침이 나오는데 그 후, 기침하거나 운동 후 몸에 열이 나면 혹시 코로나 때문이지 않을까 하는 의심에 불안감이 커져가는 거였다. 코로나 환자는 냄새를 잘 못 맡는다는데, 거실에서 주방의 보리차 물이 바짝 졸아들도록 모르고 있었다는 게 코로나에 걸려서이지 않을까 싶기도 했다. 두 친구도 마찬가지였다. 그래서 고민만 하고 있어서는 안 되겠다 싶어, 보건소 소장인 친구에게 문의했더니 하루속히 검사를 받으라고 했다. 그래 두 친구와 함께 보건소 친구에게서 검사를 받았다. 검체채취를 하고 결과는 다음 날에 나올 거라고 했다.

검사받고 결과 기다리는 동안도 불안하기는 마찬가지였다. 만약 코로나 확진자라도 되면 가족에게 전염시켰을 수도 있고, 5일 동안 내가 다녔던 병원, 약국, 미용실, 영화관, 빵집, 마트 시장가게 등 줄줄이 그들에게 피해가 간다고 생각하니, 근심 걱정으로 잠이 오지 않았다.

다음 날 다행히 우리 셋 음성 판정을 받았고, 그제야 마음이 홀가분해졌다. 며칠간 코로나로 걱정 불안에 휩싸였던 걸 생각하면 앞으로 코로나가 종식될 때까지 방역준칙을 잘 지킴은 물론 나와 타인을 위해서라도 조심 거듭 조심해야겠다.

연락- 평화로운 나날의 안부

2020년 전북일보 신춘문예 소설 《납탄의 무게》로 등단한 오은숙입니다. 아직은 좌충우돌 새내기 소설가입니다. 정은출판에서 추진하는 코로나19 관련 기획물 출간 작업에 함께 할 수 있어 기쁩니다.

코로나19로 인해 피해를 입은 모든 분들이 기필코 재기할 수 있기를 희망합니다. 더불어, 코로나19 시대를 사는 우리가 이 시기를 무사히 통과하여, 미래세대에게 긍지로 남을 수 있기를 힘껏 기원합니다.

오은숙

마스크 원정대 (시)외

나를 소개하는 것이 제일 어려운 일인 것 같다. 다수의 어린이 책에 삽화를 그렸고, 서울 어딘가 시골처럼 적막한 어느 동네에서 개인 작업을 하고 있다.

처음에 코로나가 발생했을 때는 이렇게 2021년에도 계속 심각할 줄은 몰랐다. 아직도 불안과 공포, 걱정 속에서 살고 있는 것에 암울해지지만 이런 상황에서 긍정, 희망까지 없다면 더 힘들 것 같다.
힘든 와중에도 사람들의 배려와 노력에 놀랐고 우리나라에 대한 자긍심이 생기기도 했다. 종식되는 그날까지 서로 더 노력해서 조용하게 넘어가기를 간절히 바란다.

최서영

그와 그녀의 벽 (그림)

마스크 원정대 (시)

오은숙

2020, 3월 어느 날
우리는 차를 몰고 시내를 돌아
마스크가 있는 약국을 찾아서
약국 문을 열고 들어가 KF94, KF80을 외쳐
정부에서 공급하는 마스크 두 장
있는 곳은 있고 없는 곳은 없어
나는 말했지
94에서 80을 뺀 후 거기에 4를 더하면 욕이 나와
수아가 말했지
다시 3을 빼면 우리들의 나이 차
그것이 신기하다며 나를 보고 웃어
웃고 있던 그녀를 보며 나도 따라 웃지

나는 말했어
십 분 후엔 일할 시간
서둘러, 얼른 타라고!
번쩍번쩍 눈부신 차가 아니야
이십 년이 넘은 소형차라구

수아가 말했어
봄볕을 가르며 달리는 꼬마 자동차
꽃향기를 맡으면 힘이 솟는 붕붕이라고
그녀가 또 웃어
나도 따라 웃지

부풀려진 말들이 이어졌어
부식된 문은 바스라질 것 같고
오래된 엔진은 언제 죽을지 모른다고
주민번호 입력한 사람만 일주일에 마스크 두 장
다음 주부터라니 다행이야
서둘러!
십 분 후엔 점심시간 끝이야

붕붕이는 아르곤
우리는 마스크를 찾아 또 다른 약국으로 떠나

오해 (시)

오은숙

괘씸한 남자는 표현이 애매하다
매번 그런 것은 아니다
불리하다 싶으면 그런다
그것은 오해일지 모른다

괘씸한 남자는 표현이 애매하다
14일 동안 동굴 속에 숨어 있다가
카톡 알림음과 함께 나타났다
…… 미안해 ……
수줍은 문자를 기대했던 괘씸한 남자의 여자
괘씸한 남자는 캡처 사진 하나 툭 던져놓고 말이 없다
〈Web발신「괘씸한 남자님의 9.15 코로나 검사 결과는 음성입니다.
확인 460-3207, 기타문의 463-400」〉
덩그런 문자 이미지 속에 숨어 있는 의중을 살피지만
어쩌라는 것인지 알 수 없는 괘씸한 남자의 여자

괘씸한 남자의 여자는 어리숙하다
매번 당하고 또 당한다
그것은 오해일지 모른다

지던 동백 다시 피듯
어리숙한 여자의 얼굴에 벌건 물이 든다
여자는 어리숙하지 않으려고 괘씸해진다
463-400, 번호를 누른다
없는 번호입니다
460-3207, 번호를 누른다
없는 번호입니다

괘씸한 남자의 여자도 괘씸하다
걱정 대신 의심이 앞서 남자를 몰아세운다
괘씸한 남자는 억울하다
확진자와 동선 겹쳐 지역 보건소에 갔다고 알려준 것인데
어쩌라는 것인지 알 수 없는 괘씸한 남자

지역번호를 넣고 전화를 걸자 신호음이 떨어진다
괘씸한 여자는 마음이 애매하다

작은 실천 (에세이)

오은숙

광복절 이후, 코로나19 재확산 우려로 강화되었던 사회적 거리두기가 2단계에서 1단계로 조정된 후 회식이 있었다. 같은 공간에서 일하지만 일할 때는 업무에 치여 눈인사만 하게 되고, 따로 시간 내어 만나는 것도 여의치 않았기에 회식을 핑계로 동료들과 어울리는 것이 은근히 반가웠다. 반가움으로 쉴 새 없이 재잘거렸고 키득거렸다. 우리는 병원에서 일했고 손씻기, 마스크 착용을 비롯해 기침이나 재채기할 때는 팔꿈치로 가리기 같은 코로나19 감염 예방 수칙에 민감했다. 그렇기에 동료들은 음식이 차려진 테이블 앞에 자리를 잡았지만 숟가락을 들기 전까지 마스크를 벗지 않았다. 불판에 고기를 굽고, 음식을 먹으면서 분위기는 달아올랐고 이야기꽃이 피었다.

그러자, 동료 중 한 명이 불쑥 말했다.다들, 코로나 백신 맞았어요? 식사할 때는 말을 삼갑시다.

동료의 말에 누군가 헛웃음을 쳤고 분위기는 갑자기 조용해졌다.

다시 웅성거리기 시작했고 각자 나름대로 회식 자리를 즐겼다. 그러던 중에 또 다른 동료가 마스크를 썼다. 쓴 상태에서 음식을 입에 넣을 때만 마스크를 턱 밑으로 내렸다. 그 모습을 보자 마스크를 벗은 채 고기쌈을 씹으며 말을 하고 있던 나는 어떤 기억이 떠올랐다.

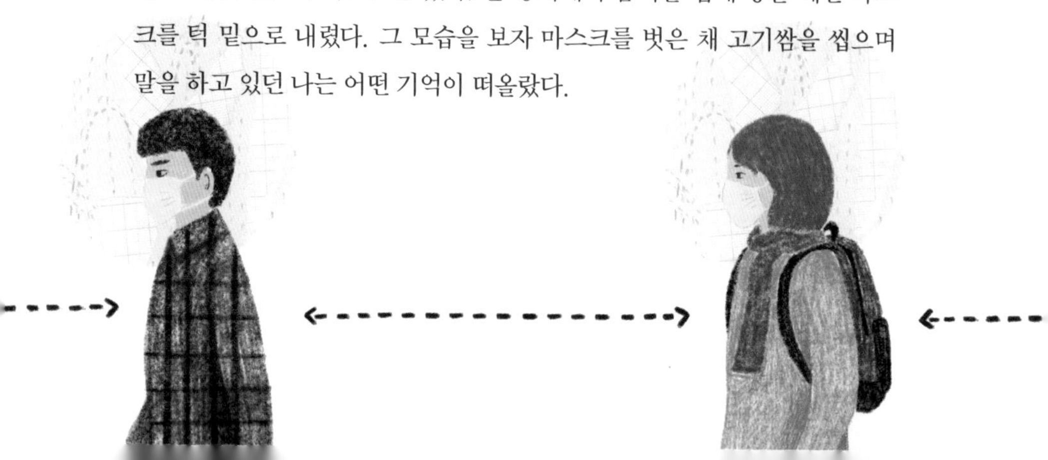

의료품 공급 부족으로 시중에는 물론, 병원에도 마스크와 알코올이 일주일 넘게 들어오지 못하던 때였다. 그즈음, 나는 마스크를 미리 사두지 못한 탓에 병원에서 지급되었던 덴탈 마스크 하나로 며칠씩 버티고 있었다. 바이러스 차단에 효과가 있다는 KF94를 쓰고 있지 않아서, 동료들 중 누군가 마스크를 벗고 말할 때면 한 팔 이상 떨어져 앉아 있어도 불안했다. 바이러스가 공기를 타고 마스크 안으로 들어올 것 같은 생각에, 효과가 없다는 것을 알면서도 덴탈 마스크 철심을 꾹꾹 눌러 코에 밀착시켰다. 밥 먹을 때는 말을 하지 않았고 가능한 자리에서 빨리 일어났다. 마트에서 장을 볼 때였다. 계산대 앞에 서 있던 내 뒤에서 마스크를 쓰지 않은 사람이 큰소리로 통화를 하고 있었다. 마트 안에서 마스크를 쓰지 않은 사람은 한 명뿐이었는데 하필이면, 그 사람이 내 뒤에 있었다.

잠재적 감염자일지도 모르는 낯선 사람의 침이 나에게 튈지도 모른다는 불안에 나는 인상을 찌푸렸다. 큰소리로 통화를 하고 있던 그가 바이러스 전파자처럼 보였다.

그곳에서 도망치고픈 생각에 조급해진 마음으로 지갑에서 돈을 꺼내 계산원에게 건넸다. 이런 사실을 모르던 계산원은, 느긋하게 거스름돈을 챙겼고 나는 낚아챘다 싶을 정도로 빠르게 잔돈을 받아 그곳을 나왔다.

당시는 신종 코로나바이러스가 퍼지던 초기였고 코로나19라는 명칭이 나오기 전이었다. 그때 내가 느낀 불안과 공포는 지역 감염자가 한 명도 나오지 않은 상태에서 과하다 싶을 정도였다. 그런데 요즘, 나는 참으로 무뎌졌

다. 답답하다는 이유로, 마스크 안에 습기가 찼다는 이유로, 때로는 어떤 이유도 없이 마스크를 벗곤 했다. 치료제와 백신이 나오기 전까지는 안심할 수 없는 상황인데 회식 자리에서 마스크를 벗은 채 말을 하고 있었다. 코로나19에 대한 지나친 불안과 마찬가지로, 안이한 마음도 문제라는 것을 잠시 잊었다. 나는 하던 말을 멈추고 슬쩍 마스크를 집었다. 마스크를 쓴 뒤 말을 하는 대신 고기쌈을 마저 씹었다.

코로나19 확산 때마다 사회적 거리두기를 강화하면서 확진자 수는 세 자리에서 두 자리로 내려왔다. 사람을 만날 때면 마스크를 쓰고 적정 거리를 두던 우리의 작은 실천이 빚어낸 결과였다. 살다 보면, 코로나19 같은 갑작스런 재난을 마주할 때가 있다. 그럴 때마다, 초심으로 돌아가 작은 일부터 성실히 해나간다면 그런대로 위기를 극복하며 살아가지 않을까. 이것은 작은 습관이 인생을 변화시킨다는 말처럼 개인의 삶에도 마찬가지인 듯하다.

경남 김해 출생
2017년 부산일보 신춘문예 단편소설 《문어》 등단

사람이 기쁠때만 웃는 건 아니잖습니까.

신호철

안드로메다 (콩트)

세종대학교 시각디자인학과를 졸업하고 현재 브랜딩, 패키지 디자인 스튜디오를 운영하고 있습니다. 어도비 그래픽 디자인 및 모션 그래픽 부문 준우승, YCK 개인전시, 중구 도심산업박람회 전시, 서울디자인페스티벌 전시 등 시각 및 제품디자인 분야에서 다양한 활동을 하고 있습니다. 또한, 팝아트와 스트리트 아트의 화풍을 영감 받아 일러스트 작가를 준비하고 있습니다.

우리는 언제나 문제에 부딪혔고, 이를 지혜롭게 해결했습니다. 현재는 코로나가 영원한 전염병처럼 보이지만 시간이 지나면 가볍게 해결할 수 있을 것입니다. 조금만 마음의 여유를 갖고 건강을 살피면 어느새 마스크가 필요 없는 세상을 마주할 것입니다.

권순민

무제 (그림)

안드로메다 (콩트)

신호철

노려본다. 뚫어질 듯 노려보다가 천천히 눈을 감고 다시 한 번 간절하게 염원한다. 열려라. 차원의 문! 의지는 위대한 파장, 파장은 우주의 근원이다. 세상이 변할 때까지 의지를 집중시켜라.

집중만이 전부가 아니다. 허리를 구부리고, 교차시킨 양손을 무릎에 붙여서 단전의 에너지를 퍼뜨려야 한다. 거기에 목청을 깔아 심오한 음파까지 더해준다.

"옴~~ 마니~~"

실로 오묘한 동작이다. 하긴, 간단했다면 벌써 누군가가 해냈겠지. 광수는 반복해서 무릎을 흔든다. 성공한다면 통로가 열릴 것이다.

비웃음 사기 딱 알맞은 시도라는 것을 알고 있다. 하지만, 본인도 인간의 의지가 우주를 변화시킨다는 이론에 동의하는 바다. 유튜브 구독자가 보낸 메일에 자신이 이 방법으로 차원여행을 했으며, 미국 네바다주의 어떤 유튜버도 웜홀을 통과한 경험을 공개했었다. 광수는, 이 황당한 실험을 재현해 보기로 했다. 바보 같지만, 아무도 없는 공간에서 무슨 짓인들 못할까.

눈을 부릅뜬다. 뭔가 심상찮은 조짐이 있다. 방금, 문 윤곽을 따라 찬란한 빛이 스쳤다. 목덜미에 솜털이 곤두섰지만, 흥분은 금물이다. 오로지 순수한 염원. 순간, 문의 사각 테두리에 불빛이 화락, 솟구친다. 덩달아 광수의 새카만 동공도 좍 오므라들었다.

눈으로 보고도, 믿지 못할 광경이었다. 창고로 통하는 문 테두리에 화려

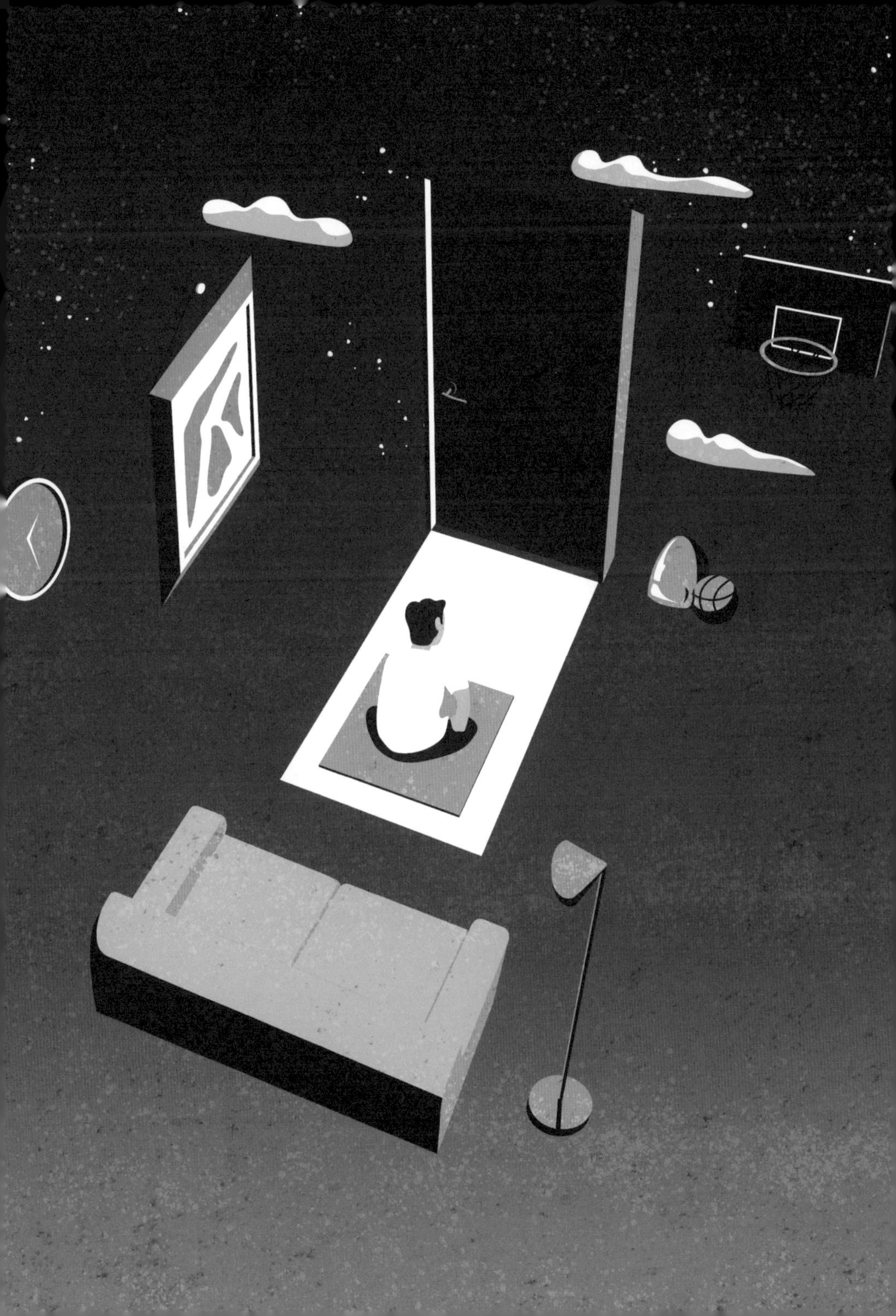

한 빛살이 솟구치고 있다. 영화의 한 장면과 똑같다. 영화 제작자들이 이런 체험을 진짜로 했던 것일까? 문 너머에는 상상도 못할 세상이 존재할 것이다. 어쩌면 평행우주의 도플갱어를 만날지도 모른다.

광수는 퍼뜩 정신을 차렸다. 지금 이 장면이 촬영된다면 유튜브 채널은 완전 대박날 것이다. 늘상 쓰던 카메라를 꺼내들었다. 동영상 모드를 확인하고 조심스레 문손잡이를 돌렸다.

익숙한 전경이다. 얼핏 보면 평상시와 다름없는 공동작업장 모습이다. '이게 뭥미?'라는 채널을 운영하는 진우는 용접 보안경을 쓰고 있고, 채이나, 아니, 체리는 모니터 쳐다보며 떡볶이를 먹고 있다. 그리고 재형이는 체리 책상에 엉덩이를 걸쳐 오빠가 좀 거북할 정도로 잘생기긴 했지. 라며 껄떡대고 있다.

아니, 저런 개드립에 체리가 웃다니. 동영상 편집을 담당하는 체리는 얼굴도 예쁘면서 미인인데다가, 아주 예쁘기까지 해서 십자가처럼 심장에 못 박아둔 멤버이다, 아무리 주제를 모른다지만, 대왕오징어같이 생긴 놈이 체리에게 들이대? 아참, 여기는 다른 차원이지. 암튼, 다른 차원에서까지 오징어가 출몰해서 질척대고 있으니 심히 불쾌하다.

떡볶이 담긴 종이컵을 들고 히죽대던 재형이 광수를 보자 반갑게 어깨를 친다.

"광수야. 니가 내 생명의 은인이다. 이번 달에도 수익 안 나오면 나 진짜 이 짓 접어야 할 판이었어."

얼마 전에 깔아줬던 유튜브 조회수 조작 매크로 때문이겠지. 나중엔 결국 들통 날 텐데, 재형은 막무가내로 부탁했었다.

광수는 떡볶이를 손가락으로 집어 먹으며 고개를 주억거린다.

"고럼. 내가 니 생명의 은인이지. 두고두고 은혜 갚아야 할 분이지."

다른 차원 떡볶이 맛은 어떨지 궁금했는데, 보기보다 맛이 있다. 왕복하는 광수 손가락을 쳐다보던 재형이, 짐짓 콧등을 긁는다.

"미안한데, 한 번만 더 부탁하자. 다음 달엔 꼭 갚는다."

도대체 얼마나 안 미안하면 저런 표정을 지을 수 있을까. 하긴, 지나가는 여학생에게도 카메라 들이대고 유튜브에 올리는 놈이니, 언젠가 아청법에 걸려 철컹철컹 쇠고랑 찰 놈다운 표정이다.

"진짜냐?"

"그래, 이번 거짓말은 진짜야. 야, 진짜 부탁이다. 간이냐 쓸개냐 말만 해라."

"그런 게 아직 니 뱃속에 남아 있냐?"

광수가 하나 남은 어묵을 손가락으로 집어내자 재형이 종이컵을 획 치운다.

"그만 좀 처먹어라. 새끼야."

"예언력 쩌네. 그러잖아도 끝낼 참이다. 이것만 먹고."

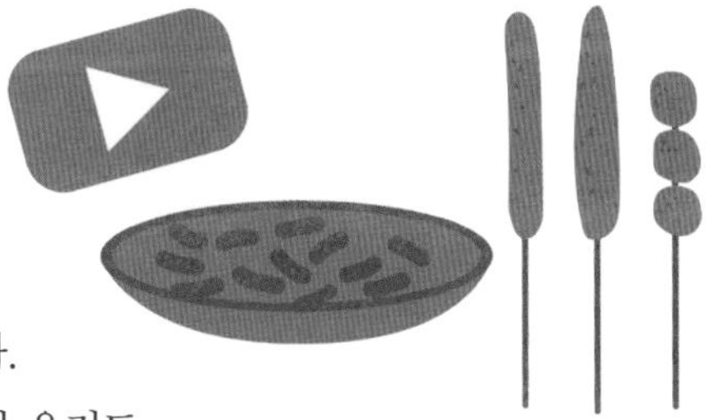

종이컵 안으로 기어이 광수 손가락이 파고드는데, 굵직한 상배선배 목소리가 찬물을 뿌린다.

"지금 니들 시시덕대는 거 찍어 올려도 구독자 천 명은 더 생기겠다. 제목은, 요즘 쪼다들 노는 법. 그렇게 해서 올려봐라."

쫄쫄이 복으로 갈아입은걸 보니 촬영 나갈 참인가 보다. 선배는 길거리에서 대놓고 미친 짓 하고 일반인 반응을 편집해서 올리는데, 멤버들 중에선 제일 구독자가 많다. 구독자 천 명 만드는 게 별거 아니라고? 사악하기도 하지. 선배는 광수를 향해 한 번 더 목소리를 깔았다.

"아참, 이번에 올린 동영상 대단하더라."

"괜찮았어요?"

"아주 대단했지. 그따위 동영상으로 이 바닥에서 돈 벌어 처먹겠다는 뻔뻔 찬란한 자신감 그 자체였지. 대체 그런 자신감은 어디서 주웠냐?"

선배가 임대보증금 전부를 부담했고, 대외적으로 대표로 되어 있으니 사슴 같은 눈망울로 웃어 보일 수밖에 없다.

"이 바닥에 자신감 빼면 시체 아니겠습니까."

"웃어? 웃는 얼굴에 귀싸대기 한 대 붙여볼래? 카메라 안 꺼? 지금 누굴 찍는 거야? 암튼 광수하고 재형이는 내일모레까지 아이디어 다시 짜와. 쓸 만하게 짜오면 안 아프게 죽여줄게."

선배 얼굴 너머, 늘어진 전등에 애먼 시선을 던지던 광수의 눈이 네 번쯤 끔벅인다. 그렇구나. 여기는 설움 가득한 거짓과 갑질의 차원이었구나. 수없이 많은 평행우주 중에 또 이런 곳이라니. 광수는 들어왔던 문을 향해 슬그머니 걸음을 옮겼다.

방으로 들어온 광수는 문부터 제대로 닫았다. 그리고 의자에 털썩 앉는다. 겨드랑이가 땀으로 축축하다. 다행히 완전히 왜곡된 시공간은 아니었다. 겁없이 진입했는데, 귀환하는 것도 의외로 쉬웠다.

귀밑에 묻은 땀을 닦아내며 창밖을 넘겨본다. 작은 마당이 보인다. 크리에이터로 성공해 보자는 당찬 포부를 안고 다섯 명이 모여 임대한 공장창고였다. 비록 조립식 칸막이지만 개인공간을 얻을 수 있음에 얼마나 뿌듯했는지 모른다. 광수는 문득, 통장 잔고와 다음 달 임대료를 떠올리고는 머리를 흔들었다. 지금 이런 생각 할 때가 아니다. 광수는 집중, 집중 두 번 되뇌고 주문을 외웠다.

얼마 지나지 않아 다시 문 틈새가 번쩍이기 시작한다. 무릎에 손을 대고 번갈아 돌리던 광수가 의미심장한 미소를 짓는다. 내가 바로 차원이동 능력자다. 외치고 싶지만 침과 함께 꿀꺽 삼킨다.

그래도 긴장되는 것은 어쩔 수 없다. 크게 심호흡하고 힘 있게 문을 열어 젖혔다. 시야에 들어오는 건, 똑같은 창고 내부모습이다. 별다른 위험도 없어 보인다. 진우는 작업하던 앵글구조물에 기대어 휴대폰을 보고, 체리와 재형도 각자 폰을 쳐다보고 있다.

이번엔 어떤 기묘한 세상일까. 조심스레 살펴보던 광수 귓등에 얼핏 괴이한 감각이 스친다. 그것은, 제각각 휴대폰에 파묻혀 불거진 수렁 같은 침묵이었다. 고약함을 참지 못한 광수가 나무 긁는 소릴 낸다.

"이런 싸가지들, 사람이 오면 아는 척을 해야지."

힐끗, 올려본 진우가 휴대폰을 다다닥 누른다. 호주머니에 진동이 오고 광수는 휴대폰을 꺼냈다. 진우가 보낸 톡이다. '채이나 채용 취소됐음, 경기 안 좋다고 일괄 취소.'

아니, 이게 무슨 횡포인가. 얼굴도 아주 예쁘면서 미인이기까지 한 지원자를 합격시켰으면, 닳도록 일을 시켜 뽕을 뽑아서 회사를 살리든지 했어야지.

"아무리 경기가 개떡 같아도 그렇지. 이 무슨 개 같은..."

문뜩, 개가 무슨 잘못인가 싶어 언성을 멈췄는데, 대꾸는 아무도 없고 단체톡에 문자만 줄줄 올라온다. 구석에 처박혀 손가락만 깨작대는 멤버들 표정이 하나같이 헐렁하고, 세워진 무릎에 턱을 올린 체리는 체념한 듯 무표정하다. 사람의 탈을 쓰고 어찌 저런 분위기에서도 완벽하게 예뻐 보일까.

개인톡으로 상배선배에게서 문자가 온다. 어차피 체리에게 편집비 정산해줄 형편도 되지 않는다. 그러니, 합격이 취소되든 말든 체리는 내보낼 것이니, 공연히 유난떨지 말라는 내용이다. 이 흉측한 상황을 어떻게 문자로 전달해주나.

아참, 체리가 빠지면 그러잖아도 지랄같은 선배가 대놓고 주먹질 할 것 아닌가. 이건 좀 곰곰이 생각해봐야 할 문제다. 광수는 조용히 걸음을 옮긴다. 토도독, 문자를 보내고, 연이어 날아오는 문자를 확인한다.

정신을 차려보니 이미 방안이다. 자신도 모르게 귀환을 하고 말았다. 허, 어이가 없네. 의자에 앉아 신선처럼 웃다보니 번쩍 깨닫는 것이 있다. 아, 이것이 소위 텔레파시 중독이라는 것이구나, 음성으로 말하진 않았어도 우린 무수히 많은 신호를 나눴던 거야. 여긴, 한숨과 손끝으로 소통하는 세상이었어. 무서운 곳이지만, 금방 빠져 나올 수 있어 다행이다.

광수는 잠시 숨을 골랐다. 기쁨이 충만한 곳은 없는 것일까. 유튜브는 대박나고, 상배선배는 개과천선하고, 체리와 꽁냥꽁냥 사랑을 속삭이는 그런 세상은 나오지 않는 걸까. 아니, 거기까진 아니더라도, 촬영 영상만 공개해도 대박 날 뭔가 신비하고 쌈박한 차원은 없는 걸까. 당연히 뼈를 깎는 노력이 필요하겠지. 뭔가를 이뤄내려면 열정과 노력이 필수지. 광수는 결연히 무릎을 짚고 일어섰다.

주문을 외우지도 않았는데, 문 틈새가 번뜩인다. 이젠 생각만으로 우주가 반응하는 건가. 이럴수록 절차를 지켜야 우주 미아가 되지 않는다. 허리를 굽히고 정해진 동작 서른세 번을 반복했다. 그 사이에 빛살이 뚝 끊어진다. 다급해진 광수가 와락, 문을 열어젖혔다.

모두가 마스크를 착용하고 있다. 심지어 절대로 얼굴을 가릴 리 없는 체리까지 시커먼 마스크를 쓰고 있다. 보이는 건 말똥말똥한 눈알뿐인데 그 눈들이 전부 TV로 향해 있다. 휴게실에 걸려있는 작은 화면에는 마치, 독성 외계인 다루듯이 환자를 음압형 이송장비에 넣어 옮기고, 검사를 받기 위해 길게 줄을 선 광경이 나온다. 연이어, 시신 담은 하얀 보디백이 쌓여있는 외국의 어느 도시도 나온다.

말없이 TV를 쳐다보던 체리가 비슥 돌아보더니 눈썹을 치켜 올린다.

"아니. 광수씨는 무슨 배짱으로 마스크 안 해요?"

체리 목소리가 무덤에서 나온 것처럼 축축하다. 덩달아 진우도 거들어 웅웅 짖는다.

"저리 떨어져 앉아 임마. 죽으려면 혼자 죽지."

"이 새끼가 원래 배려심이라고는 똥구멍으로 말아먹은 놈이잖아."

앉은 순서대로 독설을 내뿜는다. 광수가 소리 내어 웃으며 자리에서 일어났다.

"이 상황에 웃음이 나와?"

광수는 해탈하기 직전의 고승 같은 표정으로 조용히 대꾸했다.

"사람이 기쁠 때만 웃는 건 아니지."

터벅터벅 걸어간 광수는 제 방으로 들어가 문을 쾅 닫았다. 그리고는 두말없이 개다리춤을 추며 주문을 외운다.

때마침, 부품 사러 나가던 재형과 진우는 사무실 창안으로 보이는 광수를 향해 고개를 쩔래쩔래 흔든다.

"저 새끼. 오늘 하루 종일 미친 짓이네."

광수하는 양을 물끄러미 쳐다보던 진우가 침을 찍 뱉으며 목청을 높였다.

"세상은 코로나로 미쳐 돌아가고, 저 자식은 안드로메다로 완전히 가버렸어."

창밖에서 들리는 진우 목청에, 광수가 흠칫 몸을 떤다. 진우 일행이 시나브로 멀어지고, 옴마니 반메 훔을 외우던 광수가 슬며시 허리를 세우고 중얼거린다.

"아, 씨발, 진짜. 여기가 어디야?"

한때 철이 국내에서 가장 많이 생산되던 철광산이 있었지만 지금은 폐광이 된 강원도 양양의 작은 마을에서 태어났습니다. 문학을 꿈꾸고 책 읽기를 좋아하던 소녀는 자라서 시인이 되었습니다. 2013년 세계일보 신춘문예 시《히말라야시다》가 당선되던 해의 일입니다. 강원작가회의 연간 강원작가를 만들고 있으며시집《모란이 가면 작약이 온다》(2020)를 냈습니다.

신은숙

사라짐에 대하여 (시) 외

마스크가 얼굴이 되어가면서 표정이 사라진 사람들로 거리가 넘쳐납니다. 몸살을 앓는 지구 입장에서 바이러스는 다름 아닌 사람 그것도 욕망이 가득한 사람이 아닐까요? 사라짐은 살아지기 위해 존재하는 것일지도 모른다는 생각이 드는 요즘입니다. 지나치게 소비해온 지구, 그 푸른 빛을 찾아 이제는 돌려주어야할 때입니다. 덜 쓰고 덜 먹고 덜 다니며 더 생각하는 우리가 되어야겠습니다. 빛과 그림자처럼 모든 것엔 이면이 동시에 존재합니다. 코로나 상황 속, 내재된 자연의 비명을 들을 수 있는 '울음만으로 완벽한 득음'의 귀를 꿈꾸어봅니다. 그때 코로나는 바이러스가 아닌, 인간이 살아가기 위해 꼭 필요한 태양의 불꽃처럼 진정한 삶의 승리자로서의 왕관을 우리에게 안겨줄 테니까요.

자연 속에서 행복하다. 자연스러운 것이 제일 자연스러운 것. 자연 속에 있는 모습이 제일 자연스러운 것. 자연의 일부분이 되어 사는 삶이야 말로 제일 자연스러운 것. 소소하게 텃밭도 가꾸고 동물들도 키우며 앞으로의 꿈이 자연인인 그림작가. 배낭 메고 여행 다니며 숲과 바다, 자연을 그림으로 그린다.

시작이 있으면 끝도 있는 법.
영원 할 듯 이글거리는 저 태양도 결국 소멸할진대.
코로나여 미리 굳바이!.

이은희

함께 걷는 이 길은 (그림)

사라짐에 대하여 (시)

신은숙

살아진다는 말은 사라진다는 말

너 없이 살아진다고 썼는데 사라지는 나를 보았다
그때 나의 무게는 고작 21그램
돌아갈 별이 있다는 것은 돌고 도는 우주의 셈법
사라진다는 말은 살아진다는 말의 입버릇

노을이 사라지는 발코니에 매달려
소멸이 왜 아름다운지
개와 늑대의 시간엔 한 번쯤 짐승으로 돌아가
어둠이 사라질 때까지
울음만으로 완벽한 득음의 귀였다가

너 없이 살아질 동안
사라지는 나는 너의 다른 얼굴

견딘다는 말은 이유도 모른 채 태어난 이유
아직은 바라볼 별빛이 있다는 말

자꾸 태어나는 마트료시카들

페이드아웃 (시)

신은숙

택시를 불러줘 블랙 코로나로
미켈란젤로 광장으로 가 주세요 아무도 울지 않는 곳으로

계단은 노을을 보기 공평한 최적의 장소야 앉고 서고 뒹굴고 노래 부르고 범람하는 자유를 즐기지 피렌체의 태양은 예술적이야 해가 두오모 성당 지붕 너머로 떨어질 때 도시의 실루엣은 붉은 코로나를 타고 이글거리지

너는 뛰어가 맥주를 사 왔지 우린 계단에 앉아 코로나 엑스트라를 높이 들어 건배했지 투명한 병 속으로 뛰어드는 햇덩이를 포획했어 햇덩이 안주 상상이나 해 보았니 다시 오자고 맹세할 때 수많은 뒤통수들이 일제히 환호성을 질렀어

억울해하지 마 택시여 불꽃이여 맥주여 다만 불리다가 사라지는 것들 내 안의 바이러스인 당신조차도 페이드아웃, 울지 마 미켈란젤로여 벌거벗은 예술은 왕관을 필요로 하지 않아 우리는 뿔뿔이 흩어져 택시를 타고 각자 집으로 가는 중이지

강이나

사랑은 한낱 (소설)

1972년에 태어났으며, 대학에서 독어독문학을 전공했습니다. 2018년 《1그램의 재》로 제19회 무영신인문학상을 수상했고, 2020년 《빈집》으로 국제신문 신춘문예에 당선되었습니다. 현재, 부산소설가협회 회원으로 활동 중이며, 라디오 방송작가(프리랜서)로 활동하고 있습니다.

더 가까워지려고 노력했을 뿐 멀어지기 위해 노력했던 적이 있었을까요? 멀어짐이 사랑의 표현일 수도 있다는 걸 깨닫는 요즘입니다. 그리운 사람, 보고 싶은 사람이 늘어납니다. 더 가까워지기 위한 잠시 동안의 멀어짐. 지금의 거리두기를 억지로라도 이렇게 생각해보려 합니다. 그냥 내버려 두면 가라앉기 마련인 마음, 애써 보듬고 쓰다듬어야겠습니다.

김지현

코로나의 거리-1,2 (그림)

동화 그림 작가이자 스토리텔링그림책지도사, 문학심리상담사. 유아 교육 동화책에 다양한 그림을 그려왔어요. 현재는 프리랜서 일러스트레이터로 일하며 더 행복한 오늘을 살고있어요.

세차게 비가 오는 날 작은 우산을 쓰고 한발 한발 나아가다보면 어느새 목적지에 닿아있는 것처럼 인생의 슬픔과 기쁨을 헤치고 한발자국씩 성실히 하루하루를 살아가다보면 어느 날 뒤돌아보았을 때 '그래, 참 잘했다. 잘 살아왔다....' 스스로에게 미소지어보이며 한숨 돌리는 날이 오겠지요. 이 책의 따뜻한 글과 그림들이 오늘 하루도 수고하며 애쓰시는 모든 분들의 삶에 포근한 위안이 되기를 바래봅니다.

사랑은 한낱 (단편소설)

강이나

그녀는 텅 빈 강의실을 걷기 시작했다. 학생들이 없는 강의실은 그냥 공간이었다. 특별할 것 없는 공터. 낡은 폐허. 그녀는 운동장 트랙을 돌듯이 강의실 가장자리를 따라 천천히 걸었다. 떠오르는 몇몇의 학생 이름을 호명해 보았다. 이름들이 빈 공간을 떠돌다 벽이나 천장에 가서 부딪쳤다. 어떤 이름은 입안에서만 맴돌았다. 뭐였더라, 얼굴은 알겠는데 이름이 뭐였지. 떠오를 듯 말 듯한 이름을 기억해내려 애쓰던 중에 누군가 들려준 전설 하나가 떠올랐다.

어느 마을에서는 제사를 지낼 때 항상 정화수를 떠서 제단에 올려놓는 풍습이 있었는데 하루는 늑대가 와서 제단에 올린 정화수를 마셔버렸어.

그녀는 전설을 생각하며 동시에 학생의 이름을 기억해내려 애썼다. 여전히 입안에서만 맴돌 뿐 이름은 떠오르지 않았다. 그녀는 한 시간 넘게 계속 걸었다. 목덜미에 살짝 땀이 맺혔지만 운동이라는 느낌은 들지 않았다. 그녀는 격렬한 운동을 즐기는 편이었다. 땀이 흐르고 심장박동이 빨라지고 숨이 가빠오는 것, 그런 것만을 운동이라고 여겼다. 그녀는 뛰고 싶은 충동을 느꼈다. 숨이 가쁘도록 뛰고 나면 속에서 끓고 있는 뜨거운 것이 좀 가라앉을 것 같았다. 하지만 곧 수업 영상을 찍어야 했기 때문에 숨이 가빠지면 곤란했다.

다음 날도 그 다음 날도 늑대는 제단에 놓인 정화수를 더럽혔지. 마을 사람들이 늑대를 쫓으려고 갖은 애를 썼지만 아무 소용이 없었어. 점점 뻔뻔해진 늑대는 마치 제단 위에 놓인 정화수가 본래 제 몫이라도 되는 것처럼 거리낌 없이 마시는 지경이 돼버렸어.

코로나의 거리-1

여기까지 생각한 그녀는 걷기를 멈췄다. 속에서 불끈 뜨거운 것이 치솟았다. 늑대 물마시기가 분명했다. 그는 거리낌 없이 그녀에게 많은 것을 요구했고 요구가 받아들여지지 않으면 참지 않고 화를 냈다. 언젠가부터 이상한 것들이 당연하게 여겨지고 있었다.

"정말 예의가 없어, 당신은."

"부부 사이에 무슨 예의를 따져?"

언성을 높이는 중에도 그는 스마트폰을 들여다보며 키득키득 웃었다. 처음 사귀기 시작했을 때 그는 그녀의 말을 복음 듣듯 했다. 그녀는 이처럼 말이 잘 통하는 남자는 처음이라고 생각했다. 결혼을 결심하게 된 가장 큰 이유이기도 했다. 그러나 얼마 지나지 않아 그는 가장 말이 통하지 않는 사람이 되었다. 그는 더 이상 그녀의 말에 귀 기울이지 않았고 자기 할 말만 힘주어 말했다.

"저녁에 치킨 시켜 먹을까?"

"치킨? 이 상황에 치킨이라고? 제발 그 스마트폰 좀 내려놔. 내 말 좀 들어."

"다 들려. 말해."

그녀는 속사포처럼 무슨 말인가를 쏟아냈다. 그는 스마트폰에 눈을 박은 채 가끔 고개를 끄덕였다. 애초에 무엇 때문에 말다툼이 시작되었는지 알지도 못한 채 그는 소파에 비스듬히 누워 고개를 주억거렸고, 그녀는 목이 아프도록 소리를 지르다가 안방으로 들어가 버렸다. 그녀와 그가 만들어내는 이 장면은 끝없이 되돌이표를 찍는 보험광고처럼 계속되고 있었다. 그녀는 그가 먼저 헤어지자는 말을 해 줬으면 하고 바랐다.

그녀는 카메라를 세팅하고 교단에 섰다. 강의실 앞에 서서 맨 뒷자리까지 쭉 살폈다. 학생들이 앉아 있던 모습이 환영처럼 스쳐 지나갔다. 사람 사이에 바이러스가 퍼지고 있다는 뉴스와 함께 학생들의 등교가 중지되었다. 개강은 했지만 학교 문은 열리지 않았다. 가까이 다가서는 것을 금하는 병, 서로를 터치하는 것은 금물. 출석부를 펼치고 차례차례 이름을 불렀다. 대답 없는 부름, 부재의 증명. 학생들의 이름을 반쯤 부르다 말고 출석부를 덮었다. 이제 진짜 수업을 시작해야 했다.

그녀는 진지한 표정으로 카메라를 응시했다. 매번 카메라 앞에 설 때마다 얼굴이 굳어졌다. 도무지 익숙해지지 않았다. 학생들이 있다고 상상하면 좀 도움이 될 거예요. 카메라를 의식하면 괜히 표정도 이상해지고 말도 딱딱해지잖아요. 강사 한이 말해주었다. 하지만 한의 조언은 그다지 도움이 되지 않았다. 학생들이 있다, 저기 학생들이 앉아 있다, 이렇게 대뇌며 수업을 시작한 지 얼마 지나지 않아 그녀는 말을 더듬었다.

어느 소수민족에서는 '사랑'이라는 낱말이 접미사, 아니 접두사, 아, 아, 아니 접미사로 쓰입니다. 접미사가 맞습니다. 접미사는 어근이나 단어의 뒤에 붙어서 새로운 단어를 만드는 역할을 합니다. 품사를 바꾸죠. 물론 바꾸지 않을 때도 있습니다. 더 정확히 말하자면 그 소수언어를 연구한 학자는 이렇게 쓰고 있습니다.

사랑은
한낱
접미사에 불과합니다, 라고.

그녀는 버벅대면서도 사랑이라는 말이 붙어 품사가 바뀌는 문장에는 어떤 것이 있을까를 생각했다. 카메라가 있다는 것도 잊어버린 채 사랑, 사랑, 중얼거렸다. 하지만 문장은 만들어지지 않았고 이내 생각은 다른 단어에 가서 꽂혔다. 한낱.

한낱, 한 낮, 한 낫, 한낮, 한낱….

사랑은 한낱….

그녀는 강의를 마치고 집으로 돌아가는 버스에서도 한낱, 한낱, 한낱…, 대뇌었다. 한낱 접미사에 불과한 사랑이라면 헤어지는 것은 어렵지 않을 것이다. 헤어지자, 그가 이렇게 말할 때까지 기다릴 필요가 있는가. 그녀가 문을 열고 들어섰을 때 거실에서 텔레비전 소리가 들려왔다. 어느 도시에서 수많은 사람이 한꺼번에 바이러스에 감염되었다는 뉴스였다. 퇴근해서 돌아온 그는 외출복 차림 그대로 소파에 앉은 텔레비전을 응시하고 있었다. 그녀도 소파 옆으로 가 텔레비전을 보았다. 현실이라는 게 믿기지 않았다.

날마다 감염되는 사람은 늘어났고 너무 흔했던 풍경들은 사라져갔다. 밤의 번화가는 한산했고 모든 사람이 마스크를 필수품으로 받아들였고 어느 곳에서도 노랫소리는 들리지 않았다. 당연했던 것들이 사라졌다. 마스크를 낀 그와 그녀는 말수가 줄어들었다. 집에 돌아온 뒤에도 마스크 벗는 것을 잊을 때가 많았다. 어느 주말은 한 마디의 말도 없이 소파에 나란히 앉아 시간을 보냈다. 그는 여전히 스마트폰을 들여다봤지만 때때로 그녀를 돌아보았다.

"왜?"

눈이 마주친 그녀가 물었다.

"그냥."

그리고 낮은 소리로 중얼거렸다. 잘 있나 해서. 무슨 말인지 그녀는 캐묻지 않았다. 대신 들고 있던 책을 펼쳤다. 아무데나 펼친 페이지에 밑줄이 그어진 문장이 있었다. 철학자 오르테라이가세트의 문장. '제대로 말하기 위해서는 무언가를 말하지 않은 채 남겨놓아야 한다.' 밑줄이 그어져 있었지만 그녀는 이 문장을 읽었던 기억이 나지 않았다. 말로써 그를 이기고 말로써 상처받기를 자처하던 그때, 이 문장은 그녀의 것이 될 수 없었으리라. 그녀는 그와 대화할 때 단 한 번도 무언가를 남겨놓은 채 물러선 적이 없었다. 차고 넘칠 정도의 말을 쏟아내고서야 말하기를 멈추었다. 많이 말하지 않으면 그가 알아듣지 못할 것이라고 여겼다. 더 설명하지 않으면 더 윽박지르

코로나의 거리-2

지 않으면 그녀가 혹은 그가 이해하지 못할 것이라고 믿었다. 그들은 침묵으로 남겨진 부분을 언어의 범주에 넣어 본 적이 없었다.

그녀가 유일하게 침묵의 공간에 유예시킨 한 마디, 헤어지자. 다행이었다. 아직, 침묵의 공간에 머물러 있는 그 문장은 그 곳에서 발효되고 변형될 것이다. 누구도 예상치 못한 지금의 상황 속에서 사람들이 조금씩 자신과 일상을 바꿔가고 있는 것처럼. 그녀는 밑줄 위에 한 번 더 밑줄을 겹쳐 그은 뒤 그를 돌아보았다.

"왜?"

그가 물었다. 잘 있나 해서, 그녀는 어깨를 으쓱하며 짧게 대답하고는 침묵했다. 그도 침묵했다. 그녀는 속에서 끓던 뜨거운 것이 식어가는 것을 느꼈다. 그때 전설의 마지막 부분이 떠올랐다.

그렇게 세월이 흐르자 늑대가 제단의 정화수를 마시는 것이 제사의 한 순서로 굳어져 버렸어. 후손들은 정확한 이유도 모른 채 제사를 지낼 때마다 늑대 물 마시기라는 절차를 넣어 이어가기 시작했지. 어이없게도.

많은 당연한 것들이 이렇게 만들어지는 것일지도 모른다. '사랑'과 '한낱'이 한 문장 안에 들어가는 것처럼. 어이없게도. 그럼에도 방향을 틀 순간은 존재했다. 아니, 틀어야만 하는 순간이. 모두가 조금 더 멀어지고 조금 더 침묵해야 할 지금이 바로 그 순간일지도 모른다. 물론 언젠가 또 다시 그는 그녀가 말하는 동안 스마트폰을 만지작거리며 키득거릴지도 모른다. 그러다 치킨을 시켜먹을지 말지로 싸움이 시작될지도 모른다. 그래서 유예시켜 두었던 헤어지자는 말이 그녀의 입에서 폭탄처럼 터져 나올지도 모른다. 하지만 지금은 말하지 않은 채 남겨놓은 언어에 귀를 기울일 때였다. 세상에 없는 단어로 만들어내는 그의 침묵을 공부할 때였다. 그것만이 이별을 더 오래 유예시킬 수 있는 유일한 방법이며 지금이 바로 그 방법을 사용할 때라고 그녀는 생각했다.

2부

마음은 더하고 사랑은 나누며

이전으로 돌아갈 수 없는 세계,

그러니

우리는

주어진 오늘을

안녕히 보내면 되는 거 아닌가!

1993년 경남 진해에서 태어나 경남대학교 국어국문학과를 졸업하였다. 2013 중앙일보 신인문학상 시조로 등단하였다. 시조 동인 '객'으로 활동하고 있다.

코로나19로 힘들었던 2020년도 지나갔습니다.

2021년에는 모두가 마스크 벗고 활짝 웃은 입을 서로 보여주는 시기가 되었으면 합니다. 코로나가 종식될 때까지 모두가 파이팅입니다.

김샴

불면의 교도소 (시조) 외

저는 그림을 그리고 이야기를 만들며 하루하루를 채워나가고 있습니다.

길을 걷다가도 엉뚱한 상상을 하며 히죽거리느라 바쁘지만 저의 그림과 이야기 속에 그 엉뚱함이 스며 들어있다고 생각합니다.
오늘 하루도 열심히 공상하며 하루를 보냅니다.

박아림

코로나_교도소 (그림)

불면의 교도소 (시조)

김 샴

자정을 코에 뺏겨 수면은 비염이야
달콤한 카페인에 내 입도 감금되고
몽상의 너머 속에서
그어버린 내 빨간줄

콧구멍과 목구멍은 천장을 타고 가
타인의 도어락 어딘가로 숨어버렸지
탈옥을 포기해버린
'그것은' 무기징역

상상으로 달려가며 갇힌 채 사는 것은
단물이 가득한 사식들의 포위망에서
너무나 힘든 일이라
오늘도 눈을 감아본다

바느질 하는 여자 (시조)

김 샴

혈당계에 앉아 있는 그녀를 보고 있다
제 손을 찌를수록 촉촉한 사랑 배어
세 장이 필요했었던
숭고한 피가 운다

완성해도 얻어내는 모성은 작았지만
귀한 바늘땀을 홈마다 박음질해서
살아서 내게로 오는
시작詩作의 시작始作

혈당계를 노려보는 무심한 바늘에게
찔리지 못한다면 묻혀야 했었기에
파르르 몸이 떨리던 일생기가 끝났다

유명 사진관 액자 속에서 사진으로 발견됐다
웃고 있는 남자 목을 감싼 애장품은
웃으며 빛나고 있는 어머니의 털목도리

중앙대학교 문예창작학과를 졸업하고, 동 대학원에서 석사 수료했습니다. 2020년 매일신문 신춘문예에서 단편소설 부문으로 등단했습니다. 저는 소설보다 저를 소개하는 글을 쓰는 게 더 어렵습니다. 거짓말은 잘 지어낼 수 있지만 진실된 말은 하기 어렵고, 남의 이야기를 하는 건 쉬우나 제 이야기를 하는 건 힘든가 봅니다. 그래도 계속 쓰다 보면 진짜도 가짜처럼 편해지는 날이 오지 않을까요. 뭐든지 계속 써보겠습니다.

고수경

탈 (콩트)

7평 남짓의 자취방 밖을 나간 지 열흘이 넘었습니다. 그리고 앞으로도 나갈 일이 없으니 아마도 제가 나가는 것보다 이 책이 세상에 나오는 날이 먼저일 것 같습니다. 오래 못 본 사람들에게 이 책으로 안부를 전합니다. 저는 잘 지내고 있습니다. 원체 집에 혼자 있기를 좋아하는 덕분이지요. 그러나 저 현관문 밖에서 고군분투하는 이들을 생각하면 이 모든 일이 어서 끝나기를 기다리게 됩니다. 다들 안전하고 건강하기를 바랍니다

캐릭터, 이모티콘 작가 '어냐'로 활동하고 있습니다. 《돈 버는 이모티콘 만들기》의 저자이며 '이모티콘 만드는 사람들' 다음카페를 운영하고 있습니다. 글과 그림은 마음을 그린다는 점에서 같은 심박수를 갖고 있습니다. 때론 평온하게, 때론 두근두근 뛰게 만드는 마법의 잉크를 우리 모두 마음 속에 지니고 있답니다. 희망과 사랑을 그리는 작가로 힘든 시기를 이겨나가는 모두와 함께 나아 가겠습니다.

권지언

눈에는 껍데기,
껍데기에는 눈 (그림)

웹툰작가를 목표로 그림 그리며 살아 가고 있는 고양이 집사입니다. 여행을 좋아하고 문화생활을 즐기며 예쁜 카페에 앉아 작업하는것이 일상이었고 그런 작은 즐거움에 풍부한 행복을 느끼던 나날들이었습니다. 코로나로 인해 좋아하는 것들을 할 수 없게 되었지만 모두 힘을 합쳐 헤쳐나간다면 다시 예전의 평범했던 일상들을 찾을 수 있게 되리라 믿습니다. 제 그림이 그 노력에 작은 도움이 되었으면합니다.

탈 (콩트)

고수경

아침에 마스크가 고장 났다. 거울 앞에서 마스크를 쓰고 전원을 켰더니 화면이 우주인의 헬멧처럼 캄캄하기만 했다. 이 액정 위에 내가 설정해놓은 얼굴이 떠야 하는데 그 기능이 먹통이었다. 화면을 끄면 투명한 강화유리 안의 내 얼굴이 보였다.

출근길에 수리 센터에 들렀으나 고치지 못했다. 이런 게 흔한 일이었는지 수리가 밀려 있어 오늘 저녁에야 대기를 걸어놓을 수 있었다. 대여 마스크도 지금은 품절이었다.

수리 센터를 나오면서 한숨을 쉬자 화면이 꺼진 투명한 액정에 김이 서렸다. 안경을 쓴 사람이 라면을 먹을 때 놀림당하듯이 화면을 꺼놓고 한숨을 쉬는 것도 남들이 보면 웃을 일이었다. 서둘러 화면을 켰지만 얼굴 없는 까만 화면이 더 창피하지 않나 싶은 생각이 들었다. 고민하다가 일단 지하철역으로 뛰기 시작했다. 하늘은 이렇게 맑은데 마치 비를 피하려는 사람처럼.

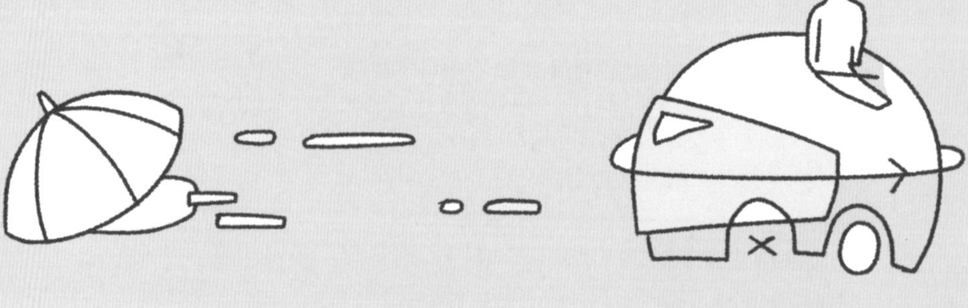

한때는 마스크가 천이나 면 재질이었던 시기도 있었다. 전자 마스크가 본격적으로 출시된 건 전 세계를 뒤집어놓은 바이러스가 눈으로도 감염된다는 연구 결과 때문이었다. 천 마스크에 이어 전자 마스크 착용이 당연해질 무렵, 기술력이 가장 앞서던 모 대기업에서 특정 얼굴을 저장해 화면에 띄우는 마스크를 개발했다. 학생들 사이에서는 연예인 얼굴을 띄우고 쓰는 게 유행했고 자기 얼굴을 띄우는 성인들도 회사용 얼굴, 외출용 얼굴을 다 다르게 저장했다. 액정을 몇 번 터치하기만 해도 화장을 하거나 눈을 키우고 코를 높이는 등 원하는 대로 이목구비를 손볼 수 있었다.

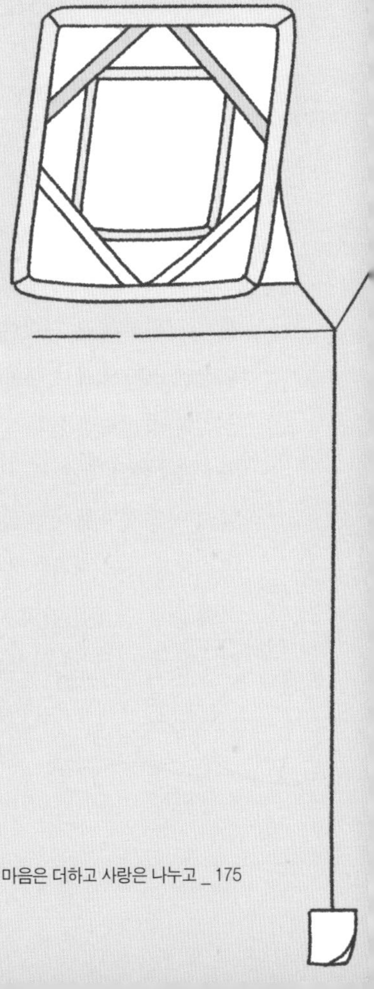

덕분에 연령대를 막론하고 화장품 구매율과 미용 목적으로 성형 수술을 받는 비율이 현저히 줄었다. 더 이상 큰돈을 들이고 리스크를 감수하며 수술을 받거나 매일 아침 화장을 할 필요가 없어졌으니까.

한쪽에서는, 지방흡입 수술이나 다이어트 보조제 사업은 전에 없이 성행하고 있고 외모지상주의는 오히려 더 심해졌다고 지적했다. 더불어, 얼굴과 표정을 빼앗아간 대기업의 천민자본주의적 행태와 임의로 설정한 얼굴 뒤로 본연의 얼굴을 숨기는 비인간적 사회를 비판하는 칼럼이 하루에도 수십 개씩 쏟아져나왔다. 어떤 전문가들은 바이러스가 완전히 종식되더라도 아무도 마스크를 벗지 않을 거라고 확신했다. 각종 전문가가 칼럼에서, 텔레비전의 교양 프로그램에서, 자신의 SNS에서 쉬지 않고 자신의 견해를 밝혔다.

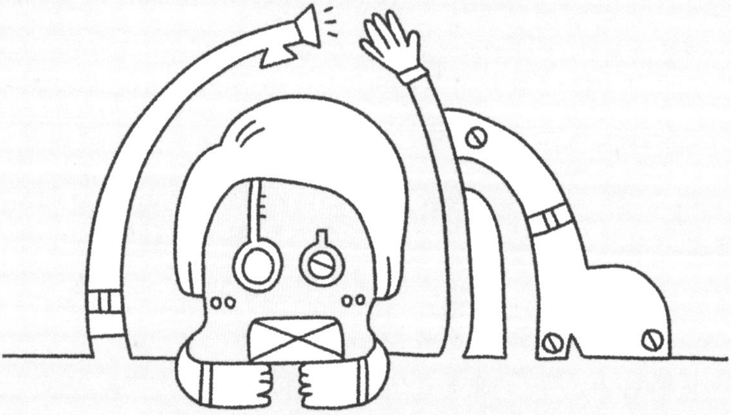

나는 그 사람들처럼 가방끈이 늘어지게 배운 사람은 아니다. 아는 것도 많지 않고 조리 있게 말하는 방법도 모른다. 다만 한 가지는 확신할 수 있다. 진짜 얼굴을 보고 대화하는 시대가 끝났다고 한탄하는 사람은 서비스업 종사자는 아닐 것이다. 신도시 대형 마트에서 밀폐 용기 세트나 오천 원짜리 상품권을 받으러 온 사람들에게 아가씨, 일하기 싫어? 라는 말을 들은 직후에 한 롤을 쓴 휴지 묶음을 교환하러 온 사람에게 웃어? 내가 우스워? 라는 말을 듣는 게 일상인 사람이라면 진짜 얼굴로 대화하던 시대를 그리워하지는 않을 테니까.

얼굴이나 표정을 가지고 이러쿵저러쿵하던 건 고객들뿐만은 아니었다. 차장과 과장, 나와 같은 직급인 대리들까지 오늘은 화장이 어떻고 뾰루지나 다크서클이 어떻고 떠들어댔고 심지어는 대뜸 얼굴이 왜 그러냐는 말도 들어봤다. 천 마스크를 쓰던 시기부터 이런 말들이 줄어들더니 전자 마스크가 대중화되자 외모에 대한 언급이 거의 사라졌다. 나로서는 업무 시간 내내 최적의 컨디션으로 사무적이고 균일한 미소를 유지할 수 있는 마스크가 만족스러웠다.

그래도 고객들은 다양한 방법으로 불만을 표출하기는 했다. 마스크를 벗으라고 위협한다든지, 액정을 손가락으로 툭툭 친다든지. 패스트푸드점과 영화관도 점원들을 키오스크로 대체하는 시대에 컴플레인을 받는 곳에 사람만 두는 이유를, 박 차장은 이렇게 설명했다.

고객들은 일은 기계한테 시키고 화는 사람한테 내고 싶어 합니다. 다행이지 않습니까? 그렇게라도 아직 사람이 할 일이 남아 있다는 게.

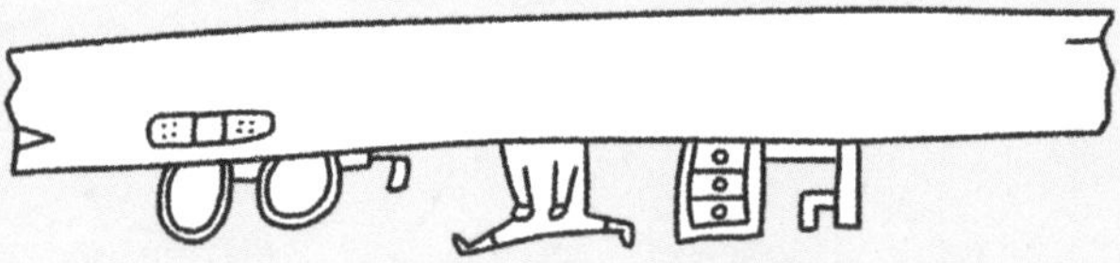

그건 사실이었다. 고객들이 사람에게 화를 내고 싶어 하는 덕분에 나는 잘리지 않은 채 안정적인 월급과 사대보험을 보장받고 있었다. 그리고 정체불명의 바이러스 덕분에 마스크 안으로는 정색하면서도 밖으로는 흔들리지 않는 미소로 응대할 수 있는 것이었다.

그런데 그 미소가 고장 나 버렸다. 회사용 얼굴이 망가진 것이다. 탈의실 쪽으로 걸어가다가 마주친 윤 과장이 눈을 치켜뜨며 물었다.

마스크가 왜 그래?

얼굴이 왜 그래? 물었던 그 윤 과장이었다. 다행히 이번에는 할 말이 있었다.

화면이 고장 났는데 수리가 밀려 있어서요. 퇴근하고 맡기러 갈 거예요.

그러면 화면을 꺼놓는 게 낫지 않아? 까만 화면만 보여서 우주인 같아.

망설이다가 화면을 껐다. 투명한 액정 안의 내 얼굴과 마주친 윤 과장이 흠칫했다. 항상 일정하게 정돈된 얼굴만 보다가 갑자기 진짜 얼굴을 봤으니 그럴 만했다.

켤까요, 끌까요.

화면 옆 관자놀이 쪽의 버튼에 손을 올리고 물었다. 이거 참 탈 났네, 윤 과장이 혀를 찼다. 그러고서는 마스크도 탈이지, 탈이 탈 났네, 의식의 흐름대로 중얼거리다가 박 차장에게 가보자고 제안했다. 일단은 켜 놓고 있어 봐. 이 말도 잊지 않았다.

검은 화면을 켜고 윤 과장을 따라 차장실로 걸어갔다. 오픈 준비를 마쳐 가는 직원들을 지날 때마다 단정하고 친절한 미소를 짓는 얼굴들이 나를 흘끔

돌아보았다. 이 길을 화면을 끄고 나의 진짜 얼굴로 걸었다면 발가벗고 걷는 느낌이 들었을 거였다. 천 마스크를 쓰던 시절에 깜빡하고 민얼굴로 지하철역까지 갔다가 집으로 돌아오는 길에 입을 가리고 뛰었던 것처럼, 얼굴을 가리고 걷고 싶었을지도 모른다. 그래서 지금은 얼굴을 완전히 가렸는데도 부끄러웠다. 번듯하게 멀끔한 지구인들 사이에 떨어진, 얼굴도 없는 외계인이 된 것 같았다.

박 차장도 난감해했다. 탈이 탈 났답니다, 하는 윤 과장의 농담에도 웃지 않았다. 화면을 끈 내 얼굴을 보고는, 그 예의 업무용 미소를 띠고서 정중히 물었다.

좀 다르게 할 수는 없어요?

그리고 바로 아차 했다. 직원들이 새 얼굴을 끼고 오면 지적하듯 묻던 말

을 습관처럼 꺼낸 것이다. 한숨을 쉰 박 차장은 책상에서 탁상용 거울을 가져와 내 앞에 비춰 주었다. 화면이 꺼진 투명한 액정 안의 내 얼굴은 내가 봐도 어색했다. 웃는 것도, 정색하는 것도 아니고, 지친 것도, 활기차 있는 것도 아니었다. 이목구비는 뻣뻣하게 굳었는데 부드러운 표정을 지으려고 근육을 인위적으로 움직이는 얼굴이었다.

마스크를 안 쓰던 때도 있었잖습니까. 그때는 고객들에게 어떤 표정을 지었는지 떠올려 보세요. 윤 과장님, 한 대리 예전에도 고객 응대 잘하는 사람이었죠?

그럼요. 마스크가 필요 없는 유일한 직원이라는 말도 있었는걸요.

힘껏 입꼬리를 올리자 입가의 근육이 파들파들 떨렸다. 광대와 턱도 뻐근해졌다. 시계를 확인한 박 차장이 서랍에서 포스트잇과 펜을 꺼내서 뭔가를 적었다.

일단은 화면을 켜고 일하러 가세요. 그런데 그냥 검은 화면이면 좀 이상하니까….

그가 내미는 포스트잇을 받아들었다. '고장'이라고 적힌 연노란색 종이였다.

탈의실에서 유니폼으로 갈아입고 액정 위에 포스트잇을 붙였다. 거울을 보니 마트 유니폼을 입은, 헬멧이 고장 난 우주인이 서 있었다. 다듬어진 미소만 짓는 지구에 불시착해 갈 곳이 없는 우주인이.

같이 일하는 대리들이 나에게 잠깐 안쓰러워하는 표정을 켜 보였다가 관리직이 오기 전에 미소 짓는 얼굴로 바꾸었다. 나도 괜찮다는 얼굴을 켜 주고 싶었는데 고장이라고 적힌 포스트잇을 붙인 채 고개를 끄덕일 수밖에 없었다.

영업시간이 되고 몇 분이 지나자 화사한 얼굴을 띄운 고객이 성큼성큼 다가왔다. 허리를 바로 세우고 어서 오세요, 라고 말했는데 그 고객은 내 마스

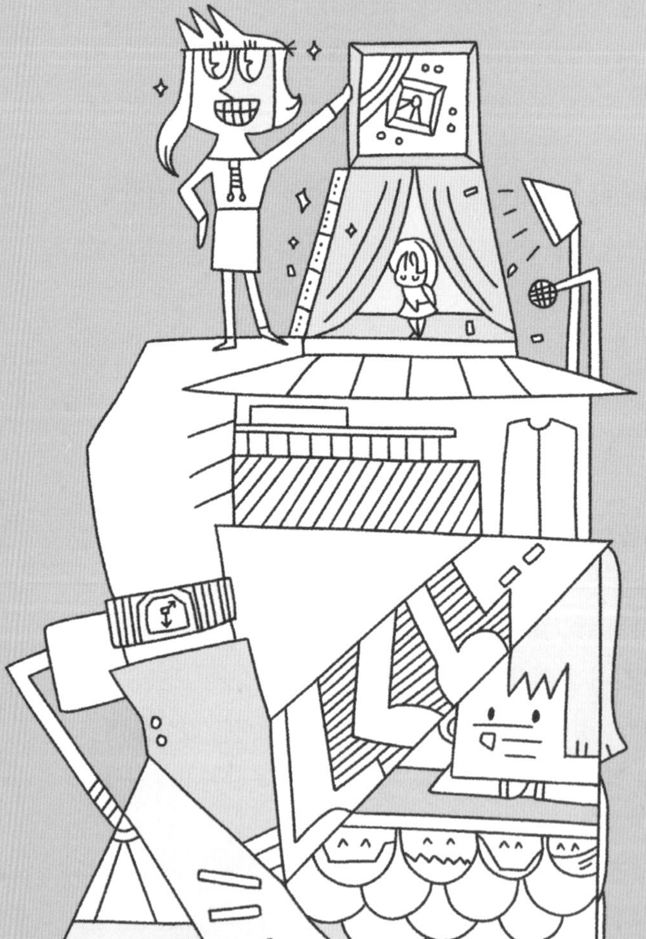

눈에는 껍데기, 껍데기에는 눈

크를 흘끗 보더니 나를 지나쳐서 옆자리의 직원에게 갔다. 다음 고객은 나에게 대놓고 물었다.

고장 났어요?

네. 도와드릴까요, 고객님?

아뇨, 됐어요.

고개를 저은 고객이 또 그 옆의 직원에게 갔다.

이 일이 몇 번 반복되자 대리들이 결론을 내렸다. 고객들은 단지 사람에게 화를 내고 싶은 게 아니라, 가짜 얼굴이라도 얼굴이 보이는 사람에게 화를 내고 싶은 거라고. 나는 의아했다. 어차피 화면에만 띄워 놓은 얼굴인데. 옆자리의 신 대리가 조용히 속삭였다.

나는 고객들 마음 알 것 같아.

무슨 마음인데?

눈도 없는 까만 화면, 계속 보고 있으니까 좀 섬뜩하거든.

그리고는 나를 위로하듯 덧붙였다. 그래도 덕분에 진상은 덜 받을 수 있잖아.

오늘의 내 첫 고객은 네다섯 살쯤 된 아이를 안고 온 부부였다. 그들은 이곳을 찾는 사람들치고는 점잖은 말투로, 삼만 원 정도의 샤워 가운 소매에 실밥이 뜯어져 있다면서 환불을 요구했다. 제품을 살펴보자 실이 이 센티미터가량 풀려 있었다.

죄송합니다. 해당 이유로는 환불이 어려우세요. 교환해드릴까요?

까만 화면으로도 죄송한 마음이 전달되도록 최대한 조심스럽게 말했다.

아니요, 교환은 됐어요. 다른 걸 사려고요.

실밥 문제로는 교환만 가능합니다. 정말 죄송합니다.

이해가 안 되네. 왜요? 정상적인 제품이면 실밥이 풀려 있지 않아야 하잖아요.

부부 중 남자 쪽이 약간 언성을 높였다. 여자에게 안겨 있던 아이가 엄마, 엄마, 하면서 여자를 툭툭 쳤다.

엄마, 엄마, 저 이모는 왜 얼굴이 없어?

저기요, 실밥이 풀려 있으면 잘못 만든 제품이 맞잖아요.

남자와 아이가 동시에 말했다. 여자는 멀거니 내 화면과 포스트잇 언저리를 보고 있었다. 나는 목소리를 가다듬고 대답했다.

고객님, 이건 잘못 만든 제품이라기보다는, 실사용하시기엔 아무 문제가 없는…….

나 참, 알았어요. 잘못 만들었는데도 쓸 수만 있으면 다인가.

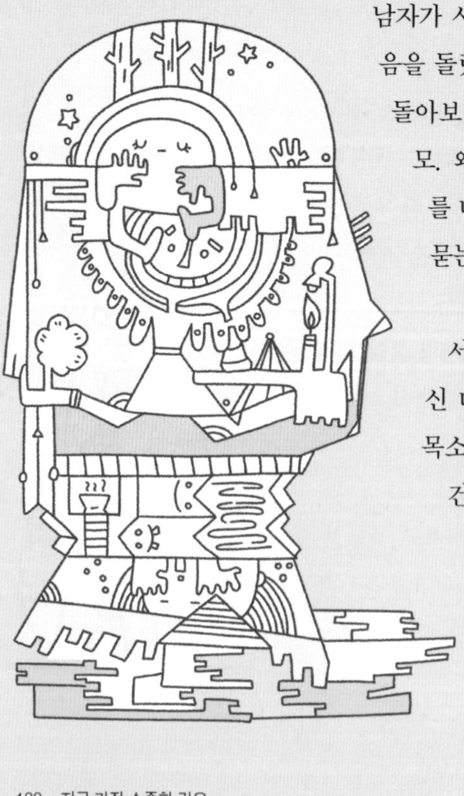

남자가 샤워 가운을 돌돌 말아 쥐고 걸음을 돌렸다. 아이는 가는 길에도 나를 돌아보면서 소리쳐 물었다. 이모, 이모. 왜 얼굴이 없어요? 여자는 센터를 나서며 아이를 달랬다. 그런 건 묻는 거 아니야.

나 얼굴 있는데. 마스크 안에서 중얼거렸다. 바로 옆에 있는 신 대리에게도 들리지 않을 작은 목소리로. 잘못 만들어서 탈이 난 건 마스크였다. 쓸 수만 있으면 다인가. 남자의 말을 천천히 곱씹었다. 컴컴한 화면 안의 내 얼굴이 지금은 무슨 표정을 짓고 있을지 궁금했다. 덩달아 고장 난 것 같았던 얼굴 근육들은 퇴근하면 돌아오려나. 대여 마스크를 빌리거나 이 마스크를 수리하면 나아지려나. 돌아오지 않으면 어떻게 되지. 마스크는 수리하거나 새로 살 수 있지만 진짜 얼굴은 갈아 끼울 수도 없는데.

어쩌면 그런 건 그렇게 큰일이 아닐지도 몰랐다. 집에서도 가족들과 식사할 때나 거실과 부엌 같은 공용공간을 함께 쓸 때는 전부 각자의 마스크를 쓰고 있으니까. 가족들도 내 얼굴에 어떤 문제가 생겼는지 영영 모르게 될 수도 있었다. 전문가들의 예언대로 바이러스가 종식돼도 아무도 마스크를 벗지 않는다면 말이다. 그렇게 되면 내 얼굴이 부자연스럽게 굳어버렸다는 건 나만 알게 되는 거였다.

차분하게 저녁의 계획을 세웠다. 퇴근길에 마스크를 고치고 또 고장 날 사태를 대비해 여분의 마스크를 주문하기로 했다. 처음부터 마스크가 두 개였어야 했다. 하나만으로 진짜 얼굴을 대체하려고 했다니. 마스크 두 개만 있으면 진짜 얼굴은 어떻게 되든 나는 앞으로도 문제없이 단정하고 지속 가능한 외모로 직장에 다닐 수 있었다. 가벼워진 마음으로 다음 고객을 기다리며 두 손을 무릎 위에 올렸다. 액정에 붙인 포스트잇이 접착력을 잃고 나풀나풀 떨어졌다. 가지런히 모은 두 손 위에 고장이라는 글자가 내려앉았다.

1980년 서울에서 태어났다. 건국대 대학원 국어국문학과에서 박사학위를 받았다. 2014년 열린시학에 평론으로 등단하고, 2017년 매일신문 신춘문예 시조 부문에 당선되었다. 2020년 경기문화재단 유망작가로 선정되었다. 연변과학기술대, 건국대, 중부대에서 강의했고, 지금은 인하대, 순천향대 등에 출강 중이다. 객 동인이다. 평론집으로《숲과 기억》이 있다.

김태경

'에서'가
'에게'에게 (시조) 외

끝이 없는 시작에 대해서 생각해봅니다. 저는 그게 무언지 아직 찾지 못했습니다. 그리고 지금 우리에게 닥친 팬데믹 상황에도 끝이 있을 거라고 믿습니다. 코로나19로 아픔이 깊어지고 있습니다. 아픈 건 인간만이 아닐 것입니다. 지금도 다람쥐를 몰아낸 인간이 자연에게 많은 상처를 주고 있습니다. 그런데도 자연은 고로쇠나무를 키웁니다. 자연과 인간이 손을 맞잡고 같이 가야 할 것입니다. 그러길 빕니다.

서울에서 태어났습니다. 대학에서 서양화를 전공하고 한국 일러스트레이션 학교에서 그림책을 공부했습니다. 그림을 그리고 있으며 아름다운 시와 문학작품을 주제로 인형극을 만듭니다. 글이 할 수 없는 세계. 그림이 할 수 없는 세계. 그 속에서 감동이라는 통로를 예찬합니다. 산문집《평범한 일상 속의 특별한 아이콘 - 일일일》 등에 그림을 그렸습니다. 인스타그램 https://www.instagram.com/jemma_origin/

이경희

동행 (그림)

김태경 시인의 시에서처럼 오래전부터 아파한 세상에, 코로나 시기에 아파하는 사람들에게 위로의 그림을 전합니다.

‘에서’가 ‘에게’에게 (시조)

김태경

한산한 길거리에
도미노를 세운다

형형색색 블록들은
소독약 맛이 나고

당신을 스친다는 건
퍽이나 미안한 일

미적이지 않은
미적 거리
1m의 간격으로
에서도
에게도 아닌
튼튼한 블록으로

세상은
병든 에게를 낳고
오래전부터 아파했다

'에게'가 '에서'에게 (시조)

김태경

상처 난 에게는
고로쇠나무를 품고 있다

다람쥐 몰아내고
수확 없는 에서에게
약수를 성수인 양 주고
풍경화
다시 그린다

햇빛이 두 입술에 끈적하게 달라붙는구나

같이 가는 길이었다
같이 가야 했을 것이다

뒤돌면
길 잃은 태양이
지면을 달구고 있다

2007년 기독교문예 시 등단. 2009년 창조문학신문 시 당선. 2012년 오월문학상 단편소설 가작. 2020년 경남신문 신춘문예 단편소설로 등단하였습니다.
당장 눈에 드러나지 않는 백지에서의 수작업인 글쓰기와 대립되는 압화작업을 발견하고 한동안 꽃과 식물에 매료되었지요. 압화를 소재로 한 소설 《누름 꽃》이 신춘문예에 당선. 한국문인협회 김해지회, 경남소설가협회, 회원이며 압화 작가로도 활동하고 있습니다.

이경미

쉿 (소설)

몸이 함께 하지 않으면 함께가 아니었던, 몰려다니며, 또는 한자리에 모여 즐거웠던 시대가 보류되었다. 냉혹하게도 나를 포함한 누군가 보균자일지 모르는 현실은 몸보다 마음이, 정신이 하나가 되어야 함을 요구한다. 또 다른 차원의 하나가 되어 사는 방법을 터득해야 한다. '같이'가 새로운 가치를 부여받았다. 물리적 거리를 깨고 혼자지만 '같이'를 누려야 한다. 당연한 것들을 얼마나 하찮게 여겼는가 되돌아보며 일상을 소중하게 다듬어가야 하겠다.

동덕여자대학교에서 디자인을 공부했습니다. 디자이너와 일러스트레이터로 일하며 다양한 매체에 그림을 그려왔고, 그 과정에서 그림책의 매력에 푹 빠졌습니다. 현재는 '그림정원'이라는 공간에서 아이들과 재미난 그림 작업을 하며 어린이와 어른들이 소통할 수 있는 그림책을 만들기 위해 노력하고 있습니다. 산문집 《평범한 일상 속의 특별한 아이콘 - 일일일》 등에 그림을 그렸습니다
인스타그램 주소 http://instagram.com/bora5_28

변보라

가족 (그림)

코로나 이후 아이들의 그림에서 마스크를 쓴 얼굴을 발견할 때 안타까운 생각이 듭니다. 요즘 태어난 어린 아가들은 밖에서 만나는 이웃의 얼굴을 마스크 쓴 얼굴로만 기억하지 않을지요. 마스크를 벗고 환하게 웃는 얼굴로 신나게 그림 그릴 수 있는 날이 찾아오길 기다립니다.

쉿! (스마트 소설)

이경미

엄마가 내 입에 젖병을 물렸다. 나는 울음을 그치고 젖병을 빨았다.

맘마 먹으니 좋아?

이런 질문을 하는 순간이면 엄마는 웃었다. 이제 나타난 엄마가 너무 원망스럽고 슬펐지만 세차게 젖병을 빨았다. 엄마가 사라졌다 나타나는 것이 과히 나쁘지 않다는 것을 어렴풋이 느꼈다. 어딘가로부터 시공을 가르며 이곳에 당도한 지 육 개월이 되어가는 동안 무엇을 잊었고 무엇을 간직하고 있는지 알아가는 중이었다.

엄마가 젖병을 쥔 채 나를 물끄러미 바라봤다. 표정이 조금 전과 달랐다. 나는 내 입안의 충만함에 취해서 열심히 빨았다. 멈출 수 없는 어떤 욕구-배가 덜 찼기 때문이겠다.-에 사로잡힌 것 같이.

세상은 엄마가 보일 때와 보이지 않을 때로 구분되었다. 엄마가 눈앞에 있을 때 우주는 나로 꽉 찬 듯했고 보이지 않을 때는 나조차 불분명했다. 엄마가 보이지 않으면 나는 울었다.

후우.

엄마가 낸 소리였다. 냄새와 음성으로 알 수 있었다. 젖병을 빨다 말고 엄마를 바라봤다.

어서 먹어.

엄마가 젖병을 가볍게 한번 흔들었다. 불편했다. 뭐지? 뭔가 짓누르는 듯한 압박감에 젖병을 문 채 엄마 얼굴을 봤다.

어서 먹어.

엄마가 웃으며 젖병을 다시 한번 흔들었다. 그리고 지그시 내려다보며 말했다.

엄마 괜찮아.

괜찮지 않아 보였지만 다시 맘마를 먹기 시작했다. 배가 어느 정도 찰 즈음 멜로디가 울렸다. 엄마가 한 손으로 휴대폰에 통화 버튼을 눌렀다.

뭐 하고 있어?

예지 분유 먹이고 있는 중이야.

응, 어제 내가 화낸 거 분명히 여보야 때문인 거 알지? 내가 다시 말하지만 여보야가 한 번 만 더 그러면 우리 이혼이야, 내가 그거 엄청 싫어하는 거 여보야가 알면서도 그러면 이혼인 거야.

휴대폰에서 울려나오는 소리에 방금까지 보이던 엄마의 미소가 사라졌다.

대답해.

응.

나도 그 짓 하다가 여보야 만났지만 이젠 안 되는 거야. 알았지?

방안을 울리는 소리에 엄마가 재차 대답했다.

알았어.

나를 바라보는 엄마의 눈동자가 점점 깊어지고 있었다. 딸꾹, 나는 딸꾹질을 하기 시작했다.

하, 예지 딸꾹질해, 끊을게.

수고해. 사랑해.

응.

엄마는 휴대폰의 종료 버튼을 누르고 나를 안았다.

에고에고, 웬 딸꾹질이야.

엄마가 나를 안고 힘겹게 일어서며 말했다. 엉덩이에 받쳐지는 단단한 힘과 가벼운 흔들림, 등에 닿는 손바닥의 둔중하고 규칙적인 감각이 나를 완벽하게 감쌌다. 트림이 나왔다. 기분이 상쾌해졌다.

좋아? 좋아? 좋아?

엄마가 장난스런 표정으로 얼굴을 들이대며 격하게 나를 안았다. 내 행동 하나로 변화된 엄마를 보니 엄청난 위력을 가진 만족감이 솟았다. 신이나서 호기롭게 웃었다.

엄마가 휴대폰을 보고 나는 그러고 있는 엄마를 보고 있었다. 엄마가 나를 눕히며 쉬, 했다. 나를 재울 때면 내는 소리였다. 엄마 몸속에서 듣던 소리와 흡사해서 슬그머니 잠이 왔다. 잤다. 눈을 떴다. 창밖이 깜깜해지고 만지고 만진 장난감들로 지루할 무렵 아빠가 나타났다. 부드러우면서도 서늘한 공기를 몰고.

엄마가 내게 먹고 자고 노는 세상을 열어준다면 아빠는 열린 세상을 다시 열도록 해 주었다. 매일 저녁 그것이 보장되었다. 내가 알기로 엄마는 아빠가 오면 더 자주 보였다 안 보였다 했다. 마치 나에게서 풀려난 듯 표정이 밝아지면서 목소리가 올라가고 몸짓이 가벼워졌다. 그런데 오늘은 달랐다. 방 밖에서 들려오는 소리가 그러했다.

씻고 와요.

엄마의 나지막한 목소리에 힘이 없었다.

알겠어. 여보.

아빠는 여느 날과 다름없는 듯했다. 나는 속에서 솟는 어떤 힘에 끌려 틈만 나면 몸을 뒤집으려고 안간힘을 쓰는 중이었다. 아빠는 휴대폰을 보다가 나를 보다가 아무런 말도 없이 안방을 나갔다. 나는 울지 않았다. 대신 단번에 몸을 돌려 엎드렸다. 세상이 달라 보였다. 새롭긴 해도 만족할 수 없었다. 혼자였던 것이다. 울먹이며 방 밖으로 귀를 기울였다. 알 수 없는 여러 소리와 냄새가 밀려왔다. 공기 속에 일렁이는 훈훈한 기운과 기분 좋은 냄새로 목구멍까지 올라온 울음이 나도 모르게 사라졌다. 코를 벌름거리며 냄새나는 쪽으로 열심히 이동했지만 제자리였다. 아빠가 나타났다.

우와아, 예지 좀 봐.

아빠가 호들갑을 떨었다.

왜? 왜?

엄마 목소리가 평소대로 올라갔다.

엎드렸어, 엎드렸다구!

흥분된 아빠 목소리에 엄마가 나타났다.

끼아오!

엄마는 알 수 없는 소리를 질렀다. 그리고 아빠와 함박 웃으며 나를 향해 박수를 쳤다. 뭣 때문인지 잘 모르겠지만 더할 나위 없이 즐거웠다. 흥얼거리며 엎드린 채 양팔에 힘을 주고 상체를 살짝 들었다, 아빠가 기분 좋은 냄새를 풍기며 말끔한 얼굴로 내게 다가왔다.

구래구래 완벽하다, 완벽해. 우리 딸, 잘했어.

아빠의 커다란 손이 내 머리를 마구 쓸었다. 나는 정신이 없어 옆으로 넘어질 것 같았지만 간신히 버텼다.

아, 찌개.

엄마가 놀란 듯 방을 나갔다. 나는 풀썩 엎드렸다. 아빠가 손을 내밀었다. 눈앞의 손을 한 손으로 잡을 수 없어 손가락 하나를 잡았다.

아이구, 우리 딸 힘도 세네. 남자들한테 인기 짱이겠는걸.

엄마가 밥상을 들고 들어왔다.

여보는 힘센 여자가 좋아?

응, 비실거리는 여자보다 힘센 여자가 좋지. 여보도 힘이 세서 좋지.

내가 언제 힘을 썼다고 그래.

엄마와 아빠는 밥을 먹으며 키득거렸다. 나는 입을 벌려 웃으며 아빠와 엄마 쪽으로 가려고 버둥거렸다.

자, 딸랑이.

아빠가 알록달록한, 만지면 노래가 나오는 것을 휙 던졌다. 나는 그것을 눈으로 따라잡다가 순간 놀랐다. 내 앞에 그것이 툭 떨어졌다. 나는 느닷없는 딸랑이가 두려워 멈칫하다가 잡으려고 팔을 뻗었다. 시끌벅적한 소리가 들렸다. 동작을 멈추고 소리 나는 쪽을 봤다. 티비에서 알 수 없는 내용의 장면이 시끄럽게 흘러나오고 있었다.

저런 인간은 마스크를 벗겨야 해.

아빠가 말했다. 티비 화면에서 모자를 푹 눌러쓰고 마스크로 얼굴을 가린 남자가 마스크를 쓴 사람들에게 둘러싸인 채 이끌려 나오고 있었다. 늘 하던 대로 아빠와 엄마는 티비를 보며 밥을 먹었다. 밥을 다 먹은 아빠와 엄마는 침대에 누워서 휴대폰을 봤다. 나도 그사이 이미 분유를 한 통 먹었고 모빌 아래 누워 있기가 따분해서 칭얼거렸다.

우리 밖에 나갈까?

아빠가 물었다. 엄마는 이 밤에 어딜? 하고 물었지만, 아직 마트에 문 안 닫았을 거야. 시원한 거 하나 먹자, 라는 아빠 말에 예지는? 엄마가 다시 물었고 마스크 있지? 아빠가 되물었다. 당연하지. 엄마가 대답했고 엄마와 아빠가 얼굴의 절반을 마스크로 가리더니 내 입과 코도 막았다. 나는 아기 띠에 싸이며 버둥거렸다. 엄마가 더 애기 때도 가만히 있더니 왜 이래, 하며 엉덩이를 때렸다. 나는 심상치 않은 기운에 풀이 죽어 가만히 있었다. 아기 띠로 안긴 느낌과 냄새, 목소리로 엄마라 생각됐지만 과연 엄마 아빠가 맞는지 확신이 들지 않았다. 단번에 바뀐 얼굴이 살짝 무서웠다. 갑갑했으나 주변이 바뀌고 있었다. 호기심이 일기 시작했다.

마트 안은 정신이 없는 공간이었다. 더 어렸을 적 꿈에서 봤던 것과 일치하면서도 달랐는데 똑같은 모양의 물체들이 둥둥 떠다니는 듯도 했고 흐르는 듯도 했다. 신기한 건 엄마 아빠도 그 하나같은 모양과 같은 모습이었다. 모두 하나같은 모양이 둥둥 떠다니는 듯했는데 엄마 아빠도 같은 모습이었다. 사실 엄마 아빠가 맞는지 확신이 없지만 달리 캐낼 도리가 없었다. 모두가 엄마 아빠 같기도 하고 아니기도 했으니까. 코와 입이 가려진 나는 눈도 나빠졌는지 선명하게 구분되는 것이 없었고 귀도 잘 안 들리는 듯해 몸의 감각에 의지할 뿐이었다. 마스크를 한 엄마 아빠의 목소리는 정말 생소했다. 하지만 눈앞의 상황도 생소하기는 마찬가지라 두려움과 호기심으로 가만히 보고만 있었다. 가득 쌓인 물건들 사이에 똑같은 모습은 지루했다.

우리는 몇 가지 물건이 담긴 카트기를 앞에 두고 계산대 앞에서 순서를 기다렸다. 휴대폰 멜로디가 울렸다. 엄마가 손에 쥔 휴대폰을 슬쩍 봤다.

누구야.

아빠가 말했다. 엄마가 얼버무리듯 대답했다.

미래야, 안 받아도 돼.

멜로디가 계속 울렸다. 이제야 생각이 났다. 낮에 자다가 일어나 엄마가 없어 울다가 지쳐 힘이 빠질 무렵 들려온 소리. 마지막이라고 했잖아, 미래야. 그리고 이어진 대화는 아빠를 만나기 전부터 알던 엄마의 단짝과 내가 얽힌 내용이었다. 그 돈, 백일 사진 값으로 다 썼어. 돈 받고 싶으면 기다려.

야! 오빠는 모르는 일이야. 중간 중간에 들린 말로는 엄마가 통화한 친구와 백화점에서 마지막 한탕으로 훔친 물건을 팔아 반씩 나누기로 했는데 내 사진값과 여러 물건값으로 다 써버렸다. 돌려받고 싶으면 기다리라는 것이었다.

그런데 사실 아빠가 이 모든 일들을 알아버렸다. 혼자 사는 외증조할머니가 사진을 내줬다는 엄마의 말에 그런 줄 알았던 아빠가 외증조할머니와 통화 중 그런 사실이 없다는 것을 알고 엄마를 추궁했다. 어제저녁 일이었다.

사진값이 백삼십 얼마라고 했다. 벽에 걸린 액자 속 내 얼굴이 떠올랐다. 바구니에 담겨 천하태평으로 자고 있었다. 백 일된 내 모습이라고 엄마는 수시로 나를 안고 사진 앞에서 얼렀다. 하지만 오늘은 그러지 않았다.

미래가 어떻게 생긴 애야, 어서 받아.

낮은 목소리로 아빠가 다그치듯 말했다. 엄마가 통화 버튼을 눌렀다.

응, ……지금 오빠랑 마트 왔어. 시원한 거 사러. ……응. 끊자.

통화가 왜 그래.

아빠가 카트기를 밀며 말했다. 계산대 순서가 줄어 두 번째 차례가 되었다. 문득 엄마가 나를 추스르며 아기 띠 안에 손을 집어넣었다. 무언가 쑥 아기 띠 안으로 들어왔다. 딱딱한 것이 몸에 닿았다. 불편했다. 나는 얼굴을 찡그리며 몸을 뒤틀었다. 엄마가 몸을 급히 흔들며 나를 얼렀다. 허리께에 무언가 거치적거렸지만, 손이 닿지 않았다. 아빠가 나를 보는 것 같았으나 눈길을 돌려 휴대폰을 봤다. 주위에 있는 사람과 다를 바 없는 모습으로 돌아갔다. 엄마가 나를 내려다보며 쉬, 예지야, 쉬, 했다. 나를 어르느라 몸이 흔들릴수록 정체불명인 물건이 몸에 닿아서 괴로웠다.

실례합니다. 목소리의 주인공이 엄마의 어깨를 뒤에서 잡더니 엄마와 눈을 맞추고 지나갔다. 순간 엄마의 눈동자가 커졌다. 그리고 들릴 듯 말 듯 미래, 했다. 미래라고 불린 사람이 엄마의 어깨를 한 손으로 한 번 더 두드리고는 순식간에 휴대폰을 보고 있는 아빠를 지나 계산대 앞에 있는 사람에게 가서 계산이 다 된 물건을 받아 카드기에 실었다. 엄마가 힐금거리며 몸을 돌렸다. 고개를 들고 엄마를 봤다. 엄마는 나를 봤으나 이내 시선을 허공으로 돌렸다. 아무리 봐도 마스크 쓴 엄마가 생소했다. 엄마의 몸에서 씨앗이기 전부터 웃음과 예지뿐이었다 할지라도 지금 이 판국은 무얼 말하는지 도무지 알 수 없었다. 땀이 바짝바짝 났다. 내가 아는 한 이곳에 온전한 얼굴은 없었다. 몸을 뒤틀었다. 엄마가 나의 엉덩이를 토닥였다. 손에 힘이 잔뜩 들어가 있었다.

김수형

스몸비 (시) 외

김수형 시인은 중앙대학교에서 문예창작학을 전공하였으며, 2016년과 2019년에 목포문학상 시 부문과 수필 부문 본상을 받았다. 2019년 중앙일보 신춘문예 시조 부문에 당선되어 등단하였다. 문학박사 학위를 받고 강의와 창작을 병행하고 있다.

절망의 터널에 출구는 있는가. 역병의 계절, 형광등에 달라붙어 타 죽은 날벌레들의 참혹한 열정처럼 시는 그렇게 찾아왔다. 기나긴 울음 끝에 태어난 말들이 날아오르는 시간, 한 계절 앓으며 뒤척거린 꽃들이 통증을 밀어내며 피어나고… 목쉰 새 한 마리 허공을 향해 날아간다.

이혜미

mask of love (그림)

그림으로 말하는 디자이너. 부산에 거주하며 낮에는 편집 디자이너로, 밤에는 와인바를 운영한다. 여가 시간에 글을 쓰거나 그림을 그리며 일상을 기록한다. 시간이 축적된 낡은 것들, 무용無用하지만 아름다운 것들을 좋아한다. 하고 싶은 것과 해야하는 것 사이에서 늘 고민하는 평범한 청년이다.

멈춰버린 일상, 끝을 알 수 없는 막연한 두려움.
2020년, 코로나는 우리에게 너무 많은 고통과 회의감을 안겨주었다. <단절과 고립 속에서 이제는 스스로와 소통하며 스스로에게 집중할 수 있는 시간을 보내자. 코로나 또한 지나갈 것이니 각자의 자리에서 오늘을 지켜내자!>

스몸비* (시)

김수형

옛날엔 지구를 사각이라 생각했지
배 타고 한번 가면 돌아오지 못하는
네모난 스마트폰처럼
세상 끝은 낭떠러지

액정화면 속에는 친구들이 생성되고
손끝으로 휙휙 넘기는 아프리카 난민 소식
엄마의 안부 전화는
무음으로 진동한다

만날 일 없는 세상 꽃은 또 피고 지고
깜빡이는 불빛 따라 길 위에서 길을 잃지
오늘도 비좁은 감방
긴 휴식을 취한다

* 스몸비: 스마트폰만 들여다보며 걷는 사람들. 스마트폰(smart phone)과 좀비(zombie)의 합성어.

마스크 (시)

김수형

거리마다
입에 서랍을 단 마스크들이 지나간다
표정 없는 마스크들이
길게 줄 서서 내일의 안심을 기다리고

비접촉식 체온계가 도시의 발열을 재고 가면
믿을 수 있는 건
마스크 속 가쁜 숨소리뿐

띄엄띄엄 모스부호처럼
마스크들은
점이 되고 선이 되어 멀어진다

마스크를 벗으면
또 다른 마스크가 나오는 밤
씻어도 씻기지 않는 불안이
손톱 밑에서 자라고 있다

드라이아이스 (시)

김수형

불꽃이 되지 못한
노래들이 떠도네
차가운 몸 밖에서 휘파람 들려오면
한 방울 아픔도 없이 흩날리는 숨결들

마취 풀린 꽃잎이 그 어디 피어 있길래
얼어붙은 나비들 내 안에서 날아가고
희미한 웃음이런가
녹지 않는 이 예감은

차가운 피로 불타는 치사랑의 그리움이
뜨겁게 살갗에 달라붙는 밤이면
사랑은 아주 오래전
죽은 노래로 남아 있네

mask of love

김선희

내일은 내일의
태양이 뜬다 (콩트)

한 손엔 숟가락, 다른 손엔 책을 들고 밥을 먹던 여덟 살 여자아이는 커서 자신이 작가 이외에 무엇이 될 거라고는 생각조차 하지 못했다. 엄마도 그렇게 생각했지만, 아이가 숭실대학교 문예창작학과를 졸업하여 취업할 나이가 되자 작가보다는 공무원이 되기를 바랐다. 하지만 어른이 되어서도 밥 먹을 때 꼭 책을 보는 아이는 책 읽고 글 쓰는 일밖에 할 줄 아는 게 없었다. 그래서 그녀의 미래는 어떻게 되었던가? 똑똑한 바보가 된 어른아이 김선희는 2017한라일보 신춘문예 소설 부분에 당선되어 작가가 되었다. 온갖 종류의 글을 거뜬히 소화할 수 있는 작가 김선희는 오늘도 출판사의 연락을 기다리고 있다. https://blog.naver.com/moon1978 먼지투성이의 푸른 종이

거의 모든 것을 빼앗긴 시대. 정말 외로운 시대입니다. 아니, 외롭다는 말조차 사치입니다. 많은 사람이 생존이 걸린 괴롭고 힘든 시대를 지나고 있습니다. 썰렁한 거리에는 문 닫은 가게들이 즐비합니다. TV에는 코로나 퇴치를 위해 애쓰는 사람들의 지친 모습이 나옵니다. 그럴 때마다 눈물이 날 것 같습니다. 나름 착하게 살아왔다고 생각했는데 괜히 모든 게 내 잘못인 것 같습니다. 모두가 근거 없는 죄책감으로 움츠러든 세상은 옳지 않습니다. 하지만 인간은 어떤 상황에서든 희망을 잃지 않는 재주가 있습니다. 우리 재주 좀 부려 볼까요?

유현성

마스크 세상 (그림)

그림 책으로 《춘향전》, 《선비와 구렁색시》 등이 있으며 꿈꾸듯이 살았으며 꿈을 그림으로 그리고자 합니다.

코로나로 인해 온 세상이 멈춰버린 이시간을 집안에서의 시간만이 아이들로 인해 흐르고 있음을 알고 있습니다 나의 모든 일상도 멈춰버렸지만 이 또한 잘 살아낸 일이라고 생각합니다. 다시 자유로이 다닐 수 있는 그날을 꿈꾸며 오늘도 힘을 냅니다

내일은 내일의 태양이 뜬다 (콩트)

김선희

대체로 이런 어수선한 시기에는 신입이 잘 들어오지 않는데 웬일로 늙은이 하나 추가다. 원래 있던 늙은이들은 오랜만에 살짝 홍이 돋았다. 나이는 일흔셋으로 병든 기색이 완연했지만, 얼굴이 매끈하고 피부가 새색시처럼 뽀얬다. 조할머니가 새로 들어온 류할머니에게 물었다.

"그래, 어디가 아푸우?"

"여기저기 아파요. 뇌 혹도 뗐고 백내장 수술도 하고 다리도 아프고."

"칠십 넘으면 그냥 산송장이라고 봐야지. 자식들은 슬슬 시체 뜯어먹으려고 오고."

입이 청양고추보다 매운 송할머니의 말이었다.

"무슨 소리! 난 여든둘이나 먹었어도 무릎 쪼금 고장 난 거 말구는 아픈 데 하나 없구만."

여기서 제일 연장자인 조할머니가 습관적으로 무릎을 문지르며 일침을 놓았다. 그 모습이 제법 늠름해서 할머니들은 잠시 아무 말도 하지 않았다.

코로나19 때문에 경로당이 폐쇄되자 이 102동과 103동 사이에 있는 정자는 할머니들의 새로운 쉼터가 되었다. 할아버지들은 101동과 102동 사이의 정자에 자리 잡았다. 할머니들과 할아버지들은 암묵적으로 서로의 쉼터에 발을 들이지 않는 것에 동의했다. 만나봤자 싸우기만 했다.

"육십 여년을 붙어 있었는데 뭘 또 이제 와서 하루 종일 얼굴을 봐."

정할머니가 몸서리를 치며 말했다. 젊을 적에 할아버지 사업 자금 대려고 고된 노동에 한시도 놓여나지 못했더니 늙어서 허리가 구부정해졌다.

"우리 막내가 코로나 때문에 여 나오지 말라고 했는디 집에 있으면 영감 얼굴밖에 볼 게 없고 여간 심심해야 말이지."

정할머니의 말에 송할머니가 말했다.

"우리 중에서 그 빌어먹을 역병에 걸렸을 때 제일 늦게 되질 사람이 당신이여. 이제 예순다섯이라 했지? 좋을 때네."

되지 다니, 다들 송할머니의 험한 말이 못마땅했지만 맞는 말이었다. 코로나19는 고 연령대일수록 치사율이 높았다. 삶보다 죽음에 더 가까운 이들에겐 이 역병의 유행이 자신들의 죽음을 재촉하는 것 같았다. 가만히 있어도 기침 한번 하면 죽을 나이인데 등까지 떠밀 건 뭐람.

"에이, 몰러. 나는 한숨 자야겠네. 점심 시킬 때 깨워줘요."

박할머니가 정자에 펼쳐 놓았던 에어매트에 팔베개하고 누웠고 3분도 안 돼 코 고는 소리가 우렁차게 한낮의 평화로운 정자를 찢어 놓았다. 처음 시댁에서 자던 날 새색시였던 박할머니의 남다른 코 고는 소리에 시댁 식구들은 잠을 설쳤다. 시아버지는 허허허 웃었지만, 시어머니는 내 아들 밤에 잠 설쳐서 밖에 일 어떻게 하냐며 있는 힘껏 혀를 찼다.

새로 들어온 류할머니가 한숨을 쉬며 말했다.

"저렇게 쉽게 잠들다니 부럽네요. 난 자려면 수면제 먹고도 누워서 2시간은 눈 말똥말똥 뜨고 있어야 되는데."

"잠 잘 자야지, 안 그러면 면역력 떨어져. 우리 나이엔 면역력 떨어져서 병들면 낫질 않아. 그래서 이렇게 역병 돌면 늙은이들만 죽어 나가지."

조할머니가 주먹으로 무릎을 두드리며 말했다. 젊어서 연탄배달로 4남매를 키운 조할머니는 나이에 비해 건강한 게 큰 자랑이었다. 대신 5층까지 연탄을 지고 나르느라 무릎이 고장 났다. 평생을 묵묵히 같이 일을 한 영감이 3년 전에 먼저 떠난 후 잠시 시름에 잠겼지만 툭툭 털고 일어나 이제 이 노인정의 터줏대감이었다.

"난 코로나 때문에 벌벌 떨면서 유난스럽게 구는 거 진짜 꼴 보기 싫더라."

작은 체구의 김할머니가 새침한 표정으로 턱을 한껏 치켜들며 끼고 있던 장갑 매무새를 고쳤다. 모두들 아무 말 없이 김할머니를 딱하다는 듯 쳐다보았다. 김할머니는 얼굴 전체를 다 가린 고급 마스크를 2개 겹쳐서 하고 눈에는 새카만 선글라스를 끼고 팔꿈치까지 오는 길고 하얀 면장갑을 빈틈없이 착용하고 있었다. 옆에는 항상 가지고 다니는 소독제가 김할머니처럼 새초롬이 놓여 있었다.

양할머니가 놀리듯 물었다.

"김씨, 그 안경이랑 마스크랑 장갑이랑 안 더워?"

김할머니가 발끈했다.

"더워도 내가 더우니까 신경 꺼."

양할머니와 김할머니는 노인정에서 알아주는 앙숙이었다. 주로 유쾌한 성격의 양할머니가 깍쟁이 김할머니를 놀리면서 사단이 나곤 했다.

"정씨, 점심이나 시키지."

"날도 더운데 열무 냉면 시킬까요?"

"그려."

점심 주문은 항상 가장 막내인 정할머니가 했다. 회비 관리도 정할머니가 했다. 노인정에서 온갖 궂은일은 다 맡고 있지만 정할머니는 자신이 다른 할머니들보다 5살 이상 어린 것에 자부심을 갖고 있었기 때문에 오히려 이런 뒤치다꺼리를 벼슬이라 생각했다. 정할머니는 최신 스마트폰을 꺼내 능숙하게 조작해서 중국집에 주문 전화를 걸었다.

"여 삼신아파트 102동 정자에 열무 냉면 일곱 개 갖다 주소."

이 중국집은 여름에만 열무 냉면을 하는데 바람 솔솔 맞으며 정자에서 국수 한 젓가락 후루룩하고 차가운 국물 한 입 꿀떡하면 그렇게 좋을 수가 없었다. 그래서 여름 내내 할머니들은 참 많이도 열무 냉면을 먹었다. 덕분에 가끔 서비스로 군만두가 오기도 했다.

냉면이 도착하자 다들 주섬주섬 마스크를 벗었다. 김할머니는 재빨리 자기 그릇을 챙겨 정자의 구석탱이에 쪼그리고 가 앉은 다음에야 조심스레 마스크를 내리고 빠르게 냉면을 먹어치우고는 다시 2개의 마스크를 꼼꼼히 쓰고 나서야 원래 있던 자리로 돌아왔다.

그 모습을 본 양할머니가 한마디 했다.

"김씨, 냉면을 마신겨? 우린 반도 못 먹었구만. 단무지도 좀 먹고 그러지."

"내가 제일 싫어하는 게 단무지야."

"코로나 아니고? 아니, 코로나는 제일 싫어하면서 제일 무서워하는 거겠구만."

"내가 언제 코로나 신경 쓴다고 그래!"

제일 연장자인 조할머니가 한마디 했다.

"김씨가 잘하는 거지. 조심 또 조심하는 게 제일이야."

송할머니도 끼어들었다.

"역시 늙은이들은 되지기 일보 직전이라 죽음 구린 냄새에 더 민감하지.

김씨 하고 싶은 거 다 해. 그래야 맘이라도 편하지.”

한참 갑론을박을 하고 있는데 갑자기 경찰 한 명이 정자 쪽으로 다가왔다. 할머니들의 고개가 일제히 사람 좋아 보이는 경찰에게 향했다.

“어르신들, 안녕하세요?”

“경찰이 뭔 일이여. 어디 사고라도 났는가?”

경찰이 곤혹스러운 듯 뒷머리를 긁적였다.

“신고가 들어와서요. 코로나 때문에 모이지 말라 하는데 어르신들이 여기 하루 종일 계신다고 주민 신고가 들어왔습니다.”

“뭐여! 누구여! 신고한 게 어떤 놈이여!”

“지금 마스크도 안 하고들 계시잖아요.”

“방금 밥 먹어서 뺐다가 지금 쓰려고 했지! 옳지! 김무찬 놈이구나!”

“자자, 어서들 마스크부터 착용하시고 짐 챙겨서 들어가세요.”

“김무찬 그 놈이 우리가 아파트 리모델링 반대한다고 아주 눈에 가시처럼 여기더니 남한테 피해 안 주고 얌전히 있는 노인들 코털을 건드려?”

“아이고, 우리가 살면 얼마나 산다고 이렇게 늙은이들을 괄시 허나! 지금 당장 코로나라도 걸리면 우리는 그냥 죽은 목숨이여!”

“그러니까 몸조심하셔야죠. 다들 흥분 가라앉히시고 일단 마스크부터 하세요.”

한 마디씩 보태던 할머니들은 일단 냉면 먹을 때 벗어 놓은 마스크를 쓰고 눈을 도끼날처럼 뜨고 경찰을 올려다보았다. 일촉즉발의 상황에서 정자 주위의 맑은 공기가 파르르 떨렸다. 코로나19가 성한 이후로 사람들이 활동을 현저히 덜 하자 오염물질 배출도 떨어져 오히려 전 세계의 자연환경이 좋아지고 있다고 했다.

입이 걸고 성질 급한 송할머니가 말했다.

"내 김무찬 그 새끼가 야쿠르트 아줌마들 단지 안 벤치에 앉아 있는 거 꼴 보기 싫다고 벤치 뜯어낼 때부터 알아봤어. 내가 이놈 만나면 기필코 주둥이를 뜯어 놔야지!"

"그러다 고소당해요, 어르신. 김무찬씨 어떤 사람인지 잘 아시잖아요."

이번엔 유쾌한 양할머니가 코웃음을 치며 말했다.

"그놈 지가 동장이라고 그렇게 위아래 모르고 까불다 호되게 한번 당해야 되는데."

그때 깍쟁이 김할머니가 짐을 챙겨 벌떡 일어섰다.

"난 갈래요. 신고까지 당하면서 모욕당하기는 싫으니."

제일 연장자인 조할머니도 거들었다.

"일단 오늘은 들어가십시다. 내일은 또 내일의 해가 뜨겠지."

조할머니의 말에 모두들 주섬주섬 짐들을 챙겼다. 매트를 둘둘 말아 옆구리에 끼고 가방에 보온병과 먹다 남긴 주전부리를 넣고 돋보기와 성경책도 챙겼다. 편한 효도 신발에 발을 꿰고 다들 한낮의 유령처럼 집으로 돌아가는 길, 유쾌한 양할머니가 경찰에게 한 마디를 남겼다.

"김무찬에게 전해 주쇼. 네가 무서워서 피하냐, 코로나가 무서워서 피하지."

코로나 시대 사람들

2018년 1월 조선일보 신춘문예에 시조《노량진》이 당선됐다. 얼마 지나지 않아 그해 4월 5·18문학상 신인상에 시《춤》이 당선됐다. 시작이 꽤 괜찮은 편이었다. 나이만 빼면 그랬다. 시작이 반이라는데 시작에서 끝이 보였다는 것. 하기야 말문도 늦게 터졌다. 그래서인지 한글도, 구구단도 늦게 뗐다. 어머니 젖도 늦게 떼고 철도 늦게 들었다. 죽어도 늦게 죽을지, 그건 모르겠단다. 죽음도 저 모르는 죽음이 흔해져서…

조성국

책꽂이 (시) 외

물리다 밀리다 받히다 밟히다 빠지다 버려지다 베이다 부러지다 부서지다 시달리다 잘리다 잠기다 졸리다 찍히다 찢기다 찔리다 차이다 치이다 태워지다 터지다… 그렇게 다양하게 죽어지다. 그리고 또 너도 나도 알 수 없게 걸리다, 액체인지 기체인지, 따져볼 겨를도 없이 죽어질 수 있다

김기도(필명KITVS) 앞서나간 선각자들을 동경하여, 신기한 세상을 창조하기 위해 노력 중인 엉뚱한 아티스트. 먼 미래의 사람들이 내가 창조한 세상을 통해 기쁨과 영감을 받길 기원하며 오늘도 나는 걷는다. 각종 카툰 및 디자인 활동.《안경 너머의 세상》아시아투데이 4컷 만화 등 다수의 카툰 및 만평 작업했으며, 산문집《평범한 일상 속의 특별한 아이콘 - 일일일》등에 그림을 그렸다.

김기도

서재엔 정작 책들이 없도다 (그림)

사람과 사람 간의 연결을 방해하는 코로나19
나를 막을 수 없을 것이다.

책꽂이 (시)

조성국

무거운 눈꺼풀은 맨 위 칸에 꽂아두고

울음은 소리로도 전염될 수 있으므로 시집들을 격리한 뒤 마스크를 꽂아야지 차단할 게 다양해져 크기별로 분류하고 미생물의 캐릭터는 보이지 않으므로 소설책을 골라낸 뒤 소독제를 꽂아야지 죽일 게 늘어나서 용도별로 진열하고 일상은 또 날마다 변이될 것이므로 계간지를 소각하고 비닐장갑을 꽂아야지 어쩌면 직립보다 고립이 필요해서 전집에서 홀수 권을 빼내 거리를 띄어놓고 그 사이 돌릴 일이 깨져버린 소주잔과 마주칠 일 뚝 끊어져 차가운 손 꽂아야지 마스크를 벗고 싶을 때가 가끔 있을 것이므로 호흡기가 민감한 카나리아를 키워야지 맨 아래 칸에는 노란 새장을 꽂아두고

허파가 벽이 될 때까지 돌처럼 버텨야지

-서재엔 정작 책들이 없도다

바리캉 (시)

조성국

감염병 돌고나서 문을 닫아걸었다

바리캉 주문해서 옆에다 쥐어줬다 싫다는 손에 억지로 버팔로 같은 머리통을 디밀었다 팬티에 맨발만으로 오래 지내다보면 망가지고 싶어진 장난감 인형처럼 함부로 하고 싶을 때가 있다

조각가 로뎅도 생각을 망치고 대리석을 때려 부순 적이 있었을 게다 고성능 기계라도 무딘 손에 잡히면 저도 모르게 스텝이 꼬였을 거고 억울한 손은 매번 생전 처음 느껴보는 섬세한 절삭력에 혀를 내둘렀을 것이다 그리하여 내 두상은 몇 달째 돌연, 변이중이다

박박 밀어버리는 게 저도 나도 시원하겠으나 나갈 일은 어떻게든 먹구름처럼 찾아오고 아직 아들놈들 결혼하기 전이라서 모자 눌러쓰고 캄캄하게 버티는 중이다 삼겹살 자동판매기까지 나왔다는데 자동머리깎기통은 언제나 나올까

설악산에 첫눈도 내렸고 모기 입도 돌아갔으나 빨간 안전안내문자는 여전히 발목을 붙잡고 있고 내 계절과 방향 감각은 붙박이 댓돌처럼 무뎌져간다

오늘도 과정은 불안했고 결과는 우울하다

중들의 물리적 거리 (시)

조성국

절에 사는 친구는 생각을 비우는 중, 우박 쏟아지는 카일라스를 올라가는 중
시를 쓰는 친구는 애를 태우는 중, 비행기 타고 날아가 딸의 순산을 기다리는 중
술 빚는 친구는 취했는지 잠수 중, 얼마 전 물에서 불을 찾는 중이라며 숙취 같은 근황 전한 뒤 노란 말풍선 톡방을 가출 중
나는 글감과 필기감에서 공감과 연대감까지 감이란 감은 아예 달리지도 않는 중, 내 감나무는 몇 년째 태풍 동선의 오른쪽에서 자라는 중, 선녀벌레는 잎사귀에 자리 깔고 새끼들을 키우는 중, 모레쯤 질병관리청 찾아가 감염 경로 알아봐달라, 조르려고 벼르는 중

손 다쳤다, 알리면 헤엄쳐서라도 강 건너와 썩은 머리라도 감겨줄 것 같았던 젊은 한때는 헌 책방 죽은 스승의 헌 시집 갈피에서 좀이 슬고 있는 중
언제 한 번 다 모여 밥 한 끼 같이 먹자, 그런 배부른 말들은 어디 코호트 격리시설에 다 모여 굶어 죽는 중
늙어가는 중들의 고집은 입맛 없는 중에도 변종 바이러스처럼 견고해지는 중
누가 휴대폰 잘못 만져 톡방에서 저도 모르게 나갔다가 저 혼자 힘으로는 들어갈 줄 모르는 아날로그 중들, 하기야 누가 사라져 궁금해도 선뜻 문 한 번 열어보지 않는 중

결국 다른 호흡법으로 같은 숨은그림 찾아가는 중
안부는 2의 제곱으로 멀어지는 중
가끔 납작한 기계식 목탁 속을 톡, 톡, 들락날락하는 중

부음은 까치발 들고 종, 종, 확진을 기다리는 중

부산에서 태어나 서울에서 살고 있으며, 성균관대학교 신문방송학과를 졸업했다. 2017년 조선일보 신춘문예에 단편소설 《박스》를 발표하면서 활동을 시작했다. 2020년 한국문화예술위원회 아르코청년예술가지원 사업에 선정되었다. 엉덩이가 가벼워 한곳에 가만히 있지 못하는데, 소설을 쓸 때만큼은 그나마 진득하게 앉아있는 편이다. 독자들이 읽으면서 엉덩이를 뗄 수 없는 흥미로운 소설을 쓰고 싶다.

권제훈

노래에 목마른 록발라드 마니아 (소설)

코로나19가 처음 유행하기 시작했을 때만 해도 한두 달이면 괜찮아질 거라고 생각했지만, 착각이었다. 더운 여름이 오면 싹 사라지겠지 생각한 것도 역시 착각이었다. 오히려 겨울이 오면서 확진자는 큰 폭으로 증가했다. 이젠 조만간 괜찮아질 거라는 섣부른 희망조차 말하기가 꺼려진다. 언제쯤이면 코로나19가 앗아간 우리의 소중한 일상을 되찾을 수 있을까. 마스크를 벗는 그 날까지 부디 몸도 마음도 건강하시길 바랄 뿐이다.

디자이너이며 다양한 작업을 시도하고 있다. 20대의 마지막을 누구보다 뜨겁게 보내고 싶었지만, 코로나의 영향으로 뮤직페스티벌, 피크닉, 영화관, 식당 등등 외부활동이 제한되어 못해본 것이 많다. 이런 것들이 이제는 도전이 되어버렸다. 그림을 그리는 지금, 사람들의 마음을 토닥여주는 따뜻한 그림을 그리고 싶다. 김규섭 작가의 도서 《새벽을 사랑하는 남자》, 산문집 《평범한 일상 속의 특별한 아이콘 - 일일일》 등에 그림을 그렸다.

김태연

일상으로의 초대 (그림)

코로나를 겪으며 뭘 그려야 하나 생각을 했을 때 고민하는 시간이 그리 길지 않았습니다. 예전에는 당연했던 우리의 일상이 어서 빨리 회복되었으면 좋겠습니다. 빨리 그날을 희망하면서 이전 우리의 일상에 당신을 초대합니다

노래에 목마른 록발라드 마니아 (소설)

권제훈

목마른 사슴이 우물을 찾듯, 노래에 목마른 나는 노래할 곳을 찾아 서성거린다. 헤드라이트를 켜고 어둡고 외진 곳을 찾아 조심스레 움직인다. 해가 짧아져서 그나마 다행이다. 어두운 게 밝은 것보단 눈에 덜 띌 테니까.

어제처럼 누군가 주차해놓은 화물차들 사이에 슬그머니 차를 댄다. 차도 인적도 드문 조용한 길이다. 시동을 끄고 블루투스 마이크를 꺼낸다. 내 운명이 다하는 날 누군가가 나에게 가장 아끼던 물건이 무엇이었냐고 물어본다면, 단 1초의 망설임도 없이 블루투스 마이크라고 말하리. 한참 고민하다가 오늘의 첫 곡으로 야다 형님의 〈이미 슬픈 사랑〉을 부르기 시작한다.

아무도 없는 산중이라면 어디서 아무 때나 노래를 불러도 괜찮을 것이다. 메아리는 코러스가 되고, 부엉이와 뻐꾸기는 화음을 넣겠지. 하지만 이곳은 인구 천만에 육박하는 서울. 여기도 사람, 저기도 사람, 어딜 둘러봐도 사람뿐이다. 대뜸 마스크를 벗고 김경호 형님의 〈나를 슬프게 하는 사람들〉을 부른다면, 사람들이 어떤 눈빛으로 쳐다볼까. 마스크를 쓰라고 주먹을 날리지 않는다면 다행일 테다.

빼앗긴 들에도 봄은 오는가. 해방되고 한참 지난 80년대 중반에 태어난 나는 이제야 이상화의 애끓는 마음을 조금이나마 이해할 수 있을 것 같다. 나는 지금 외치며 묻고 싶다. 빼앗긴 노래방에도 노래가 흘러나오고 있느냐고.

자그마치 10개월이 지났다. 코로나19 위기경보 수준이 '주의'에서 '경계'로 격상된 이후 여태껏 노래방에 가지 못했다. 담배를 피워본 적 없는 나는 이제야 금연의 괴로움을 이해할 수 있을 것 같다. 이러다가 '노래방과의 생이별' 1주년을 맞이하게 될지도 모른다. 노래를 향한 나의 열정과 사랑을 누구보다도 잘 아는 민주는 절대 가지 말라고 신신당부했다. 나만 위험한 게 아니라 가족 모두가 위험하다며 고래고래 노래를 불렀다.

코로나 광풍이 불기 전엔 최소 일주일에 두세 번 정도는 노래방에 갔다. 회식 문화도 노는 문화도 많이 바뀌어서 같이 갈 사람이 점점 줄고 있지만, 괜찮다. 코인노래방이 있으니까. 자주 찾는 코인노래방은 오백 원에 1곡, 천 원에 3곡, 오천 원에 20곡이다. 오천 원으로 즐길 수 있는 최고의 행복이다.

사람들은 내 노래를 썩 좋아하지 않는 눈치지만, 나는 노래하는 걸 정말 좋아한다. 특히 록발라드를 부를 때, 하이라이트 부분에서 샤우팅 할 때, 가성과 반가성 그리고 두성을 자유롭게(사실 자유롭진 못하고 턱걸이하듯 겨우겨우) 넘나들 때 희열을 느낀다. 그리고 사람의 마음을 후벼 파는 애절한 멜로디와 가사. 다른 이들은 인생을 어디서 배웠는지 모르겠지만, 나는 10대 때 노래에서 인생을 배웠다. 사랑, 이별, 열망, 고뇌, 절망, 슬픔… 그러고 보니 '기쁨'은 별로 없다. 하긴 인생에서 기쁜 일이 뭐 얼마나 많을까.

목에 거미줄 친 날이 길어지면서 괜히 가슴이 답답하고 심장이 요동치는 일이 잦아졌고, 그나마 겨우겨우 연명해오던 일을 향한 열정과 의욕은 완전히 사라졌다. 다른 회사는 발 빠르게 재택근무를 도입한다는데, 이 회사는 망한 후에야 재택근무가 가능할 것이다. 마스크를 쓰고 출근하고 일하면 뭐하나. 마스크를 벗은 채 점심을 함께 먹는데. 우리 팀 팀장에게 직원은 한 식구이며, 식구는 모름지기 함께 밥을 먹는 사이이고, 교육 중에 최고의 교육은 군말할 것 없이 밥상머리 교육인지라 밥 먹는 내내 잔소리를 늘어놓는다. 이 시국에

여행 다니는 인간들을 침 튀기며 비난하는데, 분출되는 침에 코로나가 없길 바랄 뿐이다.

이런 고충을 읊으며 시원하게 노래를 부르고 싶다고 했더니, 민주는 일종의 코로나블루라고 말했다. 그러면서 자긴 정말 미쳐버릴 것 같다고 소리를 질렀다. 김경호 형님도 놀랄만한 샤우팅이었다. 하긴 우울증에 걸려도 나보다 민주가 먼저지. 민주는 지윤이가 학교를 가지 않는 바람에, 언젠가 장기 해외여행을 갈 거라며 애물단지처럼 아끼고 아끼던 육아휴직을 어쩔 수 없이 써버렸다. 그리고 해외는커녕 동네조차 나돌아다니지 못하고 온종일 집에 처박혀 있었다.

최소한의 양심이 있는 남편으로서 부활 형님의 〈Lonely Night〉을 끝으로 딱 10곡만 부르고 집으로 향한다. 현관문을 열자마자 지윤이가 반긴다.

"아버지, 바람 잘 피우고 오셨습니까?"

"응, 우리 공주님 잘 있었어?"

응? 뭐라고? 바람? 갑자기 왜 존댓말?

민주의 그림자가 서서히 시야에 들어온다. 분명 웃고 있지만, 공기가 싸늘하다. 침착하자. 정신만 차리면 호랑이와도 함께 살 수 있다. 민주가 웃으며 으르렁거린다.

"어디 갔다 왔어?"

"가긴 어딜 가. 회사 갔다 왔지."

"끝나고 어디 갔다 왔냐고. 이 시국에 회식한 건 아니지?"

"응? 아니야. 일이 밀려서 야근 좀 했어."

"요즘 계속?"

"어, 어."

"자기만 바쁜가 봐. 장 과장은 무조건 칼퇴근이라는데."

장 과장? 하… 큰일이다. 장 과장 아내랑 연락을 주고받은 게 틀림없다. 내가 누굴 원망하랴. 부부동반 모임 추진하면서 친하게 만든 장본인이 나인데. 이쯤 되면 이실직고하는 게 살길이다.

"노래방에 갔다고?"

"아, 아니. 그냥 차에서."

"사람들이 이상하게 안 쳐다봐?"

"사람 없는 곳에서 불렀지."

"그래서 뭐 불렀는데? 천년의 사랑?"

알면서 왜 물어보는지 모르겠다.

"허구한 날 똑같은 노래 부르면 지겹지도 않아?"

여보, 내 소원이 뭔 줄 알아? 〈천년의 사랑〉을 단 한 번만이라도 박완규 형님처럼 불러보는 거야. 그리고 당신도 이 노래 좋아하는 거 아니었어? 내가 이 노래 부르면서 프러포즈했을 때 정말 감동했잖아.

"뭐? 또 프러포즈 얘기하려고? 내가 좋아서 운 줄 알아? 너무 황당하고 어이가 없어서 운 거야. 그리고 그 노래, 사랑한 사람 잃고 괴로워하는 노래인 건 알지?"

당연히, 알고 있다. 혹 우리가 헤어져도 천 년 동안 당신을 잊지 않을 거라는 깊은 뜻을 담아 부른 건데.

"계속 그러면 내가 쉬즈건 부르게 해준다."

Steelheart 형님의 〈She's gone〉. 이건 내 두 번째 소원이다. 오 폴기미 걸, 어, 어, 어, 어, 오 레이디, 원 츄 세이브 미… 완벽하게 부르고 싶다. 여보, 그러니 날 용서해줘.

"어쩌다가 세상이 이렇게 돌아가는 거야. 노래조차 마음대로 부를 수 없는 거냐고."

"누가 부르지 말래? 그렇게 부르고 싶으면 집에서 불러."

"집에서 부르지 말라며."

어느 날 샤워하다가 감정에 취해 나도 모르게 최재훈 형님의 〈비의 랩소디〉를 불렀는데, 화장실 불이 꺼져버렸다. 분명히 정전은 아니었다.

"밑에 집 예민한 거 몰라. 조용히 부르란 말이야."

도대체 노래를 어떻게 조용히 부르란 말인가.

"자기만 노래 부르고 싶어? 나도 부르고 싶다고!"

"그, 그래? 그럼 지금 갈래?"

당연히 무시할 줄 알았는데 민주는 주섬주섬 옷을 챙긴다.

"공주님, 우리도 노래 부르러 갑시다."

"나, 다이나마이트 부를 거야." 지윤이가 신나서 외친다.

좀전의 그 자리는 여전히 비어있다.

"오, 나름 명당이네."

민주도 인정할 수밖에 없는 자리다. 덩치 큰 화물차가 앞뒤에 떡하니 서서 우릴 지켜준다. 고민할 것도 없이 지윤이가 방탄소년단의 〈Dynamite〉를 먼저 부르고, 민주가 쿨의 〈아로하〉로 뒤를 잇는다. 아까 많이 불러서 목 컨디션이 좋지 않지만 이런 기회를 놓칠 순 없다. 얀 형님의 〈그래서 그대는〉을 부를 작정이었는데, 마이크는 또 지윤이를 향한다. 지윤이는 좁은 차를 무대 삼아 이리 뛰고 저리 뛴다. 무슨 말인지 알아듣기도 어려운 노래를 곧잘 부르는 걸 보면, 역시 날 닮은 건가? 지윤아, 아빠 손 잡고 록발라드의 세계로 들어가 보지 않겠니? 민주는 쿨에 한 맺힌 사람처럼 쿨 노래만 부른다. 음치지만 아랑곳하지 않고 열정을 다해 부르는 걸 보니 괜히 울컥해진다. 마음껏 노래 부르던 평범한 일상들이 너무 그립다. 나도 모르게 감정에 복받쳐서 눈물 한 방울이 쪼르륵 흘러내린다. 몰래 눈물을 훔치는데 지윤이가 발견하고 놀란다.

"아빠, 왜 울어?"

"아니야, 아빠 우는 거 아니야."

"지윤아, 우리만 노래 불러서 아빠 서러워서 우는 거야."

"아니래도."

"그런데 스트레스 확 풀리네. 약간 스릴도 있고."

"그렇지? 좋지? 위험하지도 않고. 가끔 노래 부르고 가도 괜찮지?"

"아니. 자기는 많이 불렀잖아. 이젠 우리가 부를 테니깐 자긴 운전이나 해."

"그, 그래."

내가 기운 빠진 목소리로 대답하자 지윤이가 힘을 실어준다.

"아빠도 한 곡 불러. 아빠 노래도 듣고 싶은데…"

역시 우리 공주뿐이다. 나는 조심스레 마이크를 넘겨받는다. 오늘의 마지막 곡은 너무나도 그리운 마왕 신해철 형님의 〈일상으로의 초대〉.

강대선

마스크, 낙엽 혹은 신분증 (시) 외

1971년 전남 나주에서 태어나 전남대학교 불문과와 조선대 국어교육과를 졸업하였다. 2000 동아일보 신춘문예 시조와 광주일보 신춘문예 시로 등단하였다. 광주동성고등학교에서 교사로 근무하고 있다. 시집으로 《메타자본세콰이어 신전》 외 4권이 있고 광주전남작가회의·국제PEN 광주·오늘의 시조회의·율격 등에서 활동 중이다.

잠잠해질 만하면 다시 일어나고 조금 풀어질 만하면 다시 일어나고 이제 되었다 싶으면 다시 일어나는 코로나19, 너는 정말 악연이다. 이제 너를 떠나보낼 날도 멀리 않은 것 같다. 그런데 너와의 악연 때문에 나와 우리 사회를 돌아보고 성찰하게 되었다는 것은 인정하지 않을 수 없구나. 한 수 가르쳐 주어서 고맙다. 악연도 인연인 까닭을 알겠다.

노연희

도둑 (그림)

2019년 코리아 아트페스티벌에 참여하는 것을 시작으로, 2020 '아, 대한민국 미술인의 힘' 전, 2020 여름하늘 전, 2020 아시아호텔아트페어서울전에 참여하였다. 제50회 충남미술대전 한국화 부문 입선, 제18회 도솔미술대전에서 한국화 부문 특선을 수상하였다. 현재 산그림 픽쳐북일러스트에서 작가로 활동하고 있다.
http://www.instagram.com/ryoon2ne/
http://grafolio.naver.com/rmasca

'낙엽은 뒤엉킨 일상을 끌면서 또 한 계절을 지나갑니다' (강대선 '마스크, 낙엽 혹은 신분증' 중에서) 평범했던 일상이면 옛날의 이야기가 되어 버린 요즘입니다. 확진자 수가 전일의 숫자를 넘어서고 있다는 뉴스를 볼 때마다 겁이 나기도 하고, 더 많아질 규제에 한숨이 절로 나옵니다. 하지만 언젠가 끝맺을 그 날을 위해 늘 기도하고, 위로하고, 응원하겠습니다. 지금 계신 그곳에서 늘 건강하시고, 힘내시길 바랍니다.

마스크, 낙엽 혹은 신분증 (시)

강대선

바닥을 구르는 마스크의 추락을 알고부터는
끈 떨어진 사랑도
구르는 낙엽도
그늘이라는 말 뒤에서 굴렀습니다

코와 입을 가린 얼굴에서 한동안 구르다가
일회용 사랑처럼 떠나가는 모습은
여전히 낯섭니다

입을 가리고 구르는 하루하루의 신분증입니다

안과 밖을 굴러다닙니다

턱이든 목이든 신분증을 매달고 있어야 눈총을 피합니다
'5호 감호제'가 눈을 부라립니다
떨어진 신분증은 곧바로 쓰레기통에서 만료 처리됩니다

바닥은 여전히 바닥을 치지 못하고
일상은 뒤엉킨 비대면 일상을 따라 굴러갑니다

낯선 제국에서 또 한 계절이 지나가고
그늘이라는 말 뒤에서
바닥은 입을 가립니다

마스크 뒤로 숨들이 굴러다닙니다
아직 봄다운 봄은 오지 않았습니다

대도大盜 (시)

강대선

도둑이 들었다고 생각한 순간 도둑이 들었습니다

오랫동안 써먹던 얼굴을 훔쳐 갔습니다

코와 입이 없는 새로운 얼굴은
신화 속에 나오는, 신의 저주를 생각하게 합니다
말을 잃어버리고
숨도 쉬지 못하고
눈만 굴리고 있는 주인공들이 섬에 갇혔습니다

눈과 눈이 서로를 그리워합니다
버스에 올라탄 입과 코가 하나로 융해되어 해석은 불가합니다
입들과 코들이 버려졌을까요?
마스크 안에 오답들이 감춰져 있습니다

도둑을 잡았으나 도둑은 잡히지 않았습니다
웃는지 우는지 찡그리고 있는지

수사관은 오늘도 갈피를 잡지 못해 우왕좌왕합니다

훔쳐 간 입과 코들의 행방을 묻지 못했습니다
도둑이 흘린 단서를 찾아
분리수거함을 뒤지는 밤입니다
분리된 입과 코가 서로 시치미를 떼며
훔친 얼굴을 은폐합니다

얼굴을 찾기 위해 오늘도 내사 중입니다

도둑

소통을 좌표로 삼아 (산문)

강대선

백 년 전만 하더라도 우리는 코로나19 존재를 몰랐을 것이다. 그저 괴질怪疾이라고 부르며 흑사병에 걸린 환자처럼 죽어갔을지 모른다. 그렇게 보자면 우리의 인식은 과학이 가져다준 것일 수 있겠다. 학교에서 학생들을 가르치다 보니 코로나19가 주는 두려움이 꼬리에 꼬리를 물고 온다. 염려증이다. 나로 인해 감염된다면? 동료가 감염된다면? 등 가정에 의한 두려움이

희망이 피어나기를

생활 깊숙이 침투했다. 그래서 내 동선도 한정된 공간을 맴돌았다.

인터넷 검색에서 코로나19는 유명인사다. 미스터 트롯이 방송을 휩쓸고 있을 때조차 꾸준히 상위 검색어를 차지하고 있는 코로나19는 벗어날 수 없는 그림자 같다. 잡힐 듯 잡히지 않는 범인 같다고나 할까.

코로나19 시대에 무엇을 쓸 것인가. 코로나19 이전과 이후가 나누어진다고 하는데 실상 내 고민은 그리 길지 않았다. 코로나19는 우리 곁에 와 있고 우리는 코로나19시대에 글을 쓰고 있다.

잡힐 듯 잡히지 않은 범인 때문에 근 1년을 근신했다. 이제 마스크를 쓰지 않고는 버스에 탈 수도 없고 심지어 관공서나 은행 등 어느 곳도 출입할 수 없게 되었다. 마스크 하나가 신분증 구실을 하는 셈이다. 신분증이 없으면 터미널에서 표를 끊을 수 없었던 암울한 군사독재 시기가 있었다. 지금은? 마스크 없이는 가까운 근처도 돌아다닐 수 없다. 사람들이 보내는 눈총 때문이기도 하고 자기검열 때문이기도 하다. 당연히 다른 이들을 위해 마스크를 써야 한다는 생각 때문이다. 처음엔 달라진 환경이 왠지 익숙하지 않아 애를 먹었다.

마스크를 쓰면서 일상을 도둑맞았는지 모르지만, 일상은 다른 얼굴로 하고 우리를 찾아왔다. 비대면非對面, 생소하다. 학생들과 화상으로 대화하고 학생들에게 과제를 내고 학생들이 낸 과제를 채점한다. 처음에는 이게 뭔가 했는데 이제는 익숙하지는 않더라도 그런대로 익숙해졌다. 우리나라 인터넷 기술이 이렇게 발전했을 줄이야. 깜놀이다. 내심 감탄을 한다. 그러나 여전히 2% 부족하다.

그런데 생각해 보면 우리는 지금까지 고수해 온 '그래야 한다'는 것에 의구심을 갖게 된다. 우리가 지킨 당위當爲는 꼭 그래야 할 필요가 없는 당위였는지도 모른다. 그렇게 목숨을 걸 일도 아니었던 셈이다. 코로나19는 우리가 지켜온 것들을 새로운 눈으로 보게 한다.

비대면으로 사회는 급격하게 변화될 것이다. 작가와 독자는 비대면 성격이 강하다. 코로나19 시대의 글쓰기는 소외되고 파편화된 현대인들을 더 밀착되게 하는 매개가 될 수 있을 것이란 생각이 든다.

시를 쓰는 일은 소통 과정이 90%를 차지한다. 작가와 독자만큼 중요한 소통이 또 있을까. 이제 부엉이 한 마리가 날았을 뿐이다. 코로나19 시대 글쓰기는 소통이 이슈가 될 수밖에 없을 것이다. 비대면 영혼들을 하나로 끌어당기는 글들이 더 융성해지기를 바란다.

시 속에 많은 것을 담으려고 노력했으나 실상은 아무것도 담지 못했을 수도 있다. 그러나 그 과정 또한 무의미하지는 않을 것이란 생각이 든다.

코로나19를 곁에 두고 글쓰기 좌표를 설정한다. 새 한 마리가 날아간다. 한 송이 꽃이 된 시를 독자께 바친다. 코로나19로 상처 입은 가슴마다 위로와 위안으로 피어나기를….

2020년 10월 화정花亭에서

2017년 매일신문 신춘문예에 소설이 당선되며 작품활동을 시작했다. 이것도 좋아하고 저것도 좋아해서 대체로 바쁘다. 주로 저질러놓고 수습하는 편이다. 종종 수습이 안 돼 곧잘 후회하지만 그래도…….

김호애

그래도 우리는 (소설)

아무리 코로나라고 해도, 그래도 우리는

서선미

마스크를 썼어도 사랑해
(그림)

인왕산자락에 살며 공부하고 꿈꾸고 있습니다.
《범아이》, 《아기장수 우투리》, 산문집 《평범한 일상 속의 특별한 아이콘 - 일일일》 등 다수에 그림을 그렸습니다.

이 재난상황에 성급히 원인을 찾기보다 일단 서로 돕는 것이 급하겠지요.
무질서하게 날뛰는 자본주의를 성큼 넘어서는 계기로 삼읍시다.

그래도 우리는 (소설)

김호애

언니네 집으로 향하는 내내 끝을 알 수 없는 긴 터널을 지나는 기분이었다. 금방 괜찮아지겠지 싶은 마음으로 지낸 게 몇 달째인지. 팽팽하게 긴장되었던 사회적 분위기는 확실히 느슨해지고 있었지만 안심할 상황은 아니었다. 그렇다고 처음만큼 팽팽했다면 언제고 끊어졌을지도 모른다는 생각. 불안과 긴장 속에서 한 번도 누군가의 보호자였던 적 없는 내가…… 중학생인 조카의 보호자가 되어야 한다는 책임감까지 더해져 나는 사뭇 비장해지기도 했다.

집에 도착하자마자 곧장 화장실로 향했다. 손을 닦고 마스크를 잘 벗어 한쪽에 두는데 우리가 요플레를 까먹으며 방에서 나왔다.

“이모 일찍 왔네.”

“오늘 학교 안 갔어?”

우리는 오늘 옆 학교에 확진자가 나왔다고. 그래서 2교시까지만 하고 돌아왔다고 했다. 덤덤히 말하는 그 모습이 왠지 짠했다. 중학교에 들어간다며 잔뜩 설레하던 게 엊그제 같은데…… 몇 번 입지 못한 교복은 주름이 빳빳하게 잡혀 새것 티가 났다.

언니는 해외 출장에 갔다가 그곳에 봉쇄령이 내리며 발이 묶이고 말았다. 그 뉴스를 어느 늦은 밤 인터넷 기사로 접한 나는 대처 한 번 화끈하네, 생각하며 가볍게 넘겼었다. 그곳이 바로 언니가 있는 곳이라는 건 다음 날 알게 되었다. 올 초만 해도 남의 나라 이야기이던 코로나19가 정말이지 곁으로 바짝 다가왔다는 게 실감 났다.

집안의 유일한 잉여인력인 내가 우리를 맡게 된 건 당연한 수순이었다. 나는 사실 좋았다. 취준생이라는 역할 말고 다른 역할이 필요하던 차였는데 '코로나19'라는 생전 처음 겪어보는 인류의 위기상황에 홀로 남은 조카를 책임지는 이모의 역할은 꼭 필요한 거니까.

나와 우리는 이모와 조카 사이가 아니라 마음 잘 맞는 룸메이트처럼 지냈다. 나는 살뜰히 우리를 챙기며 제법 이모 노릇을 한다고 생각했는데, 우리는 자신이 나를 상대해주며 조카 노릇을 하고 있다고 생각하는 것 같았다.

"학교 가기."

"코인 노래방 가기."

"아, 올해 진짜 노래방 못 갔네……. 수영장 가기."

"마스크 안 쓰고 길거리 돌아다니기"

"팥빙수 나눠 먹기."

"나도 먹고 싶다. 내일 먹을까? 내가 만들어 줄게."

"이모 그냥 사주면 안 돼?"

우리는 밤마다 나란히 누워 코로나가 끝나면 하고 싶은 것들을 말하다 잠들곤 했다.

개킨 빨래를 건네주러 우리의 방에 들어갔던 어느 날이었다. 우리는 내 무선이어폰을 끼고 수업을 듣는 중이었다. 그리고 난 그 근처를 지나다 무심코 노트북을 보게 되었는데 여러 개로 분할된 화면 중, 어느 한 곳에 시선이 꽂히고 말았다. 우리가 좋아하는 애라면서 보여줬던 사진 속 그 애의 얼굴이 거기 있다는 걸 알아본 거였다. 그냥 그렇게 넘어갔으면 될 걸, 괜히 우리에게 말 붙여보고 싶은 건 무슨 마음이었는지……. 나는 수업에 방해되지 않게 나름 조심한답시고 자세까지 낮추며 다가가 속삭였다.

"재가 태현이라는 애지? 네가 좋아한다던. 크크크."

우리는 뜨거운 불에 데기라도 한 듯, 소스라치게 놀라며 귀에서 이어폰을 빼 던졌다. 조그마한 이어폰에서 와르르 환호하는 소리가 쏟아져나왔다. 우리는 귀까지 시뻘게져서는 탁 노트북을 닫았다.

"마이크 켜있었어. 어쩔 거야."

그 일이 있고 우리는 화장실에 가거나 밥을 먹을 때 말곤 문을 단단히 걸어 잠그고 방에서 나오지 않았다. 안에서 수업을 듣는 건지 뭘 하는 건지, 가끔 거실에서 마주치면 날 투명인간 취급했는데 나도 마음이 괴롭긴 마찬가지였다. 중학생 조카의 짝사랑이나 폭로하는 이모라니. 나도 내가 싫어 며칠 동안 마음을 쓰다 결국 이른 새벽에 언니에게 전화를 걸었다.

언니 딸 너무 어렵다고 우는소리를 하며 자초지종을 늘어놓다 보니, 오래전 언니가 가족들 앞에서 내 짝사랑 사실을 폭로했던 것까지 기억나 더욱 우리의 마음을 통감하게 되었다. 나는 이렇게 심각한데 언니는 피식 웃으며 조언했다.

"놀이공원이나 데려가. 토네이도인가 허리케인 뭐시기. 그거 타러 가자고 올 초부터 난리도 아니었어."

"가도 되나?"

걱정스러운 내 물음에 언니는 한국 방역 잘한다며, 여기까지 소문 다 났다고 말했다. 사실 코로나 걱정보다는…… 겨우 놀이공원으로 우리의 마음을 풀려는 생각이 안이한 게 아닌가 하는 마음이 컸다. 언니와는 서로의 건강을 다짐하는 인사로 전화를 끊었다. 그래 열리든 말든 문이라도 두드려

마스크를 썼어도 사랑해

보자. 나는 지푸라기라도 잡는 심정으로 아침이 밝자마자 이불 귀퉁이를 젖히며 우리에게 말했다.

"놀이공원 안 갈래? 너 토네이도 블라스트 한 번도 안 타봤다며."

나를 올려다보는 우리의 눈빛이 심상치 않았다.

"이 시국에?"

우리가 싸늘하게 되물어 나는 암담해졌다. 이렇게 자기 딸을 모르다니, 언니는 정말 아무것도 몰라. 원망스러운 마음이 드는 그때.

"괜……찮나?"

우리는 주섬주섬 일어나 앉았다. 중학생의 눈빛에 감도는 기대를 나는 똑똑히 보았다.

놀이공원의 입구는 한산했다. 평소 같았다면 입구로 향하는 길목을 따라 핫도그며 번데기, 어묵을 파는 노점들로 장사진을 이루었을 텐데. 시국이 시국인 만큼 꽁꽁 둘러싸인 천막의 행렬엔 스산한 기운마저 감돌고 있었다. 매표소를 등지고 서 있는 공원 관리인이 흠흠 기침을 하니, 때맞춰 까마귀 울음소리가 들려왔다. 나도 모르게 그 울음이 오늘 하루의 복선이 되는 건 아닐까, 하는 생각이 들었다. 훠이훠이. 불길한 상상을 털어내고 하늘을 올려다봤다. 멀찍이 높아진 하늘에 걸려있는 구름은 영락없는 가을의 모양새였다.

"사람 진짜 없네. 그치, 이모?"

마스크의 코 지지대를 꾹 누르며 주위를 살피는 우리의 두 눈은 은근한 기대감으로 반짝이고 있었다.

"어른 하나, 청소년 하나요. 통신사 할인도 할게요."

두꺼운 유리로 막혀있는 창구 안쪽에서 마스크를 쓴 직원이 입장권을 건넸다. 우리는 입구에 비치되어있는 소독제로 손을 꼼꼼히 닦고 발열 체크에 마스크 착용 주의 사항까지 단단히 교육받고 나서야 안으로 들어갈 수 있었다.

내가 생각한 놀이공원과는 상반된 분위기에 나는 당황했다. 바깥보다 놀이공원 안쪽은 더욱 폐장의 기색이 짙었다. 몸을 겹친 채 어딘가로 흘러가듯 이동하는 커플 몇 쌍과 유모차에 아기 띠를 두르고 나온 가족, 네다섯 명씩 무리지어 놀러 온 청소년들이 비슷한 차림으로 지나다닐 뿐이었다. 나까지 위축되어 우리를 슬쩍 봤다. 반짝이는 눈으로 주위를 구경하던 조금 전의 모습은 온데간데없이 우리는 휴대폰 화면에 온 신경을 집중하고 있었다.

"구슬 아이스크림 먹을래?"

"……."

"추로스 어때? 너 그거 잘 먹잖아."

"……."

"목 안 말라?"

"……."

물어도 우리는 이렇다 할 반응이 없었다. 관심을 끌고 싶어서 "이모가 풍성하나 사줄까?" 했더니 그제야 우리가 슬그머니 고개를 끄덕였다. 나는 재빨리 풍선과 인형 머리띠를 파는 노점으로 가 물건을 고르기 시작했다. 낚시 의자에 앉아 휴대폰을 들여다보던 아저씨가 나를 발견하곤 이것저것 인기 많은 풍선을 추천해 주었다. 미취학 아동들이 좋아할 법한 캐릭터들을 거르다 보니 결국 내 손에 쥐어진 건 티라노사우루스가 생생하게 프린팅된 풍선이었다. 평소라면 절대 사지 않았을 것을 8천 원이나 주고 사 마음이 좋지 않은데도 "놀이공원 왔으면 이런 거 들어 줘야지." 과장되게 풍선을 흔들며 우리에게 갔다. 그런데 보람도 없이 우리는 풍선엔 관심도 없는 눈치였다. 여전히 톡톡톡 휴대폰 액정을 두드리기 바빴다. 나는 축 가라앉은 나들이 분위기를 끌어 올리기 위해 마지막 초강수를 두었다.

"토네이도 블라스트 타러 갈까? 줄 안 서고 바로 탈 수 있을 것 같은데."

그제야 우리가 나를 바라보고 "그래, 좋아." 대답했다. 나는 자신만만하게 국내 최대 시속을 자랑하는 기구가 있는 쪽으로 향했다.

그런데.

토네이도 블라스트의 입구엔 안전점검으로 금일은 운행하지 않는다는 안내판이 무책임하게 세워져 있었다. 나는 이내 토네이도에 휩쓸리는 기분이 되었다.

"이모."

우리가 심상히 나를 불렀다. 이 상처받은 중학생을 어떻게 달래주나 걱정하며 돌아보았는데 우리는 분명 웃고 있었다. 마스크로 얼굴의 반을 가렸는데도 반달로 접히는 눈이나 들뜬 마스크 귀퉁이 같은 게, 웃고 있다는 걸 보여주고 있었다.

"이모. 우리 그냥 집에 가면 안 돼?"

우리가 웃으며 말했다. 아무리 재미가 없어도 그렇지 어떻게……. 아니 그보다 지금 분명 웃고 있잖아. 오늘 들인 내 노력이 허무했지만 그렇다고 중학생 조카한테 서운한 티를 낼 수는 없어 마음이 복잡했다. 무슨 말을 해야 하나 고민스러운데, 우리는 내 눈을 좀 더 바라보다가 "음……. 이모는 더 놀고 싶으면 놀다 와도 돼. 나 혼자 버스 타고 갈 수 있어." 말하며 발을 동동거렸다.

"혼자 가겠다고? 어딜."

"아니……."

내 물음에 우리는 몸을 꼬며 말을 이었다.

"태현이가 할 말 있다고 그래서."

태현이라면 우리가 좋아한다는 그 애였다. 갑작스러운 전개가 좀 당황스러웠지만 좋아하는 애를 보러 가겠다는데 어떻게 붙잡겠는가.

"그래, 가야지. 그런데 어디서 뭐 하게?"

짐짓 언니 흉내를 내며 물었는데 우리는 그냥 웃기만 했다.

"몰라 일단 학교 앞에서 만나보고. 아무튼, 이모 혼자 놀 수 있지? 나 먼저 간다?"

분명 묻고 있었지만, 우리의 몸은 반쯤 돌아간 상태였다. 그리고 "이따 집에서 봐!" 손을 흔들며 총총 뛰어 멀어졌다.

"코로나 시대의 사랑이야 뭐야."

난 괜히 머쓱해져 혼잣말하다 무언가 번뜩 생각나 휴대폰을 열었다. 톡톡톡. 우리에게 메시지를 보냈다.

-마스크 벗지 마. 알았어?

1이 사라지지 않는 말풍선에 난 조금 더 잔소리를 해봤다. 우리는 귓등으로도 듣지 않을 테지만.

-거리 두라고. 언택트 알지?

*

바람결을 타고 두둥실 풍선이 움직였다. 티라노사우루스가 고요하게 포효하며 내 시야를 가렸다가 다시 옆으로 밀려났다. 문득 중대본의 정례브리핑에서 들었던 말이 생각났다.

"코로나19 발생 이전의 세상은 이제 다시 오지 않습니다. 이제는 완전히 다른 세상입니다."

이전의 삶으로 돌아갈 수 없게 되었다는 말에, 난데없이 일상을 도둑맞은 기분이 들어 절망스럽기만 했는데. 우리는 원래부터 그런 세계 속에서 살고 있었다는 생각이 들었다.

이전으로 돌아갈 수 없는 세계. 그러니 우리는 주어진 오늘을 안녕히 보내면 되는 거 아닌가.

아무리 코로나라고 해도 그래도. 우리는 태현이와 손을 잡겠지.
이런 생각을 하며 일찍이 놀이공원을 빠져나왔다.
해가 지기는 이른 시간. 누구를 불러내기
에도 뭣해 나는 집으로 향했다.

김석인

응급실 소묘 (시조) 외

1960년 경남 합천에서 태어나 경북대학교 철학과를 졸업하였다. 2014 동아일보 신춘문예 시조로 등단하였다. 김천중학교와 김천고등학교에서 33년간 교사로 복무하다가 2020년 명예퇴직 하였다. 한국문인협회 김천지회 사무국장과 백수문학제 운영위원을 역임했다. 대구시조시인협회·오늘의시조시인회의·사단법인 한국시조시인협회 회원으로 활동하고 있다. 제14회 오늘의 시조시인상을 수상했으며, 시조집 《범종처럼》을 출간했다.

코로나19 바이러스가 전파되면서 생활에 많은 변화가 일어났다. 33년간 몸을 담았던 교직을 내려놓고 자연인으로 돌아왔다. 밖으로 향해 있던 생각의 물줄기가 안으로 흐르기 시작했다. 주변의 자잘한 것들이 눈에 들어오기 시작했다. 가족이 내 삶의 원뿌리라는 것을 몸으로 느꼈다. 오랜만에 우리 집에 식구가 늘었다. 몸이 불편하신 장모님과 취준생인 큰아들, 작은아들 그리고 아내와 나 이렇게 다섯 식구가 같이 지내고 있다. 매일 북새통을 이루지만 사람 사는 냄새가 난다. 참 좋다. 이런 시간이 좀 더 많았으면 좋겠다

진윤호

뚝,뚝 (그림)

활동명은 '애택(愛擇)'이며 한자 그대로 사랑을 택하며 살아가는 한 생명체이다. 어린이 그림책, 서평, 영화 리뷰 등 다양한 글과 그림을 작업한다. 지금은 청년담론에서 운영진으로 활동중이며 드로잉 세미나의 팀장이다. 《2021 신춘문예 당선 동화동시집》, 산문집 《평범한 일상 속의 특별한 아이콘 - 일일일》 등에 그림을 그렸다.

코로나는 사람과 멀어지게 했지만 소홀했던 것과
가까워졌습니다.
소홀했던 나와 가까워지고
소홀했던 지구와 가까워지고
소홀했던 소수자와 가까워졌습니다.
소홀했던 것.
앞으로도 계속 소홀했던 것과 가까이 하려합니다.
소홀함이 없는 평등한 삶을 위해….

응급실 소묘 (시조)

김석인

응급실의 하루는 한숨이 석 섬이다
굽잇길 칠십 년을 돌아서다 흘린 호흡
넘어져 주저앉은 자리 흥건히 적셔놓고

창공을 휘젓다가 추락한 날개처럼
일월을 지고 가다 등이 휜 고목처럼
하얗게 탈색된 군상 박제처럼 누워 있다

누군들 애면글면 걸어온 길 없을까만
한 번 왔다 가는 곳 못 풀 일 뭐 있을까
눈물도 굴리다 보면 염주 되어 눈뜰 것을

박쥐의 변명 (사설시조)

김석인

코로나19가 퍼지면서 마녀사냥이 시작됐다.

말밥에 오른 박쥐가 범인으로 지목되고 법정에서 스스로 최후변론을 하는데 봇물이 터진 것처럼 달변을 쏟아낸다. “아, 제발 내 말 좀 들어 보셔요. 내 비록 새가 아니고 쥐는 더욱 아니지만 내 몸에는 수백 종의 바이러스가 살고 있어요. 이 많은 생명체가 한데 뭉쳐 있는 데도 아무런 문제 없이 생존하는 까닭은 협상할 줄 알기 때문이죠. 협상만 이루어지면 코로나, 사스, 지카, 메르스, 에볼라 바이러스와도 같이 살 수 있어요. 그들과의 공존은 서로를 인정하고, 적당한 거리를 두어 간섭하지 않는 것이죠. 협상의 자세는 항상 체온을 1℃쯤 올려놓아야 해요. 매일 1만 보 이상을 걸어야 가능한데, 사람들은 제 체온은 올리지 않고 지구 체온만 올리더군요. 그러니까 기온이 올라 지구온난화가 되는 거죠. 바이러스와의 협상은 스트레스 앞에 무너져요. 나의 스트레스는 곧 바이러스의 스트레스이에요. 지구의 온난화로 보금자리를 빼앗기고 생존의 위협을 받는 순간 바이러스는 내 몸을 탈출하여 사람들의 들숨에 몸을 싣는 거예요. 난 알아요, 사람들의 잘못에 나를 끌어다 붙인 것을. 난 또 알아요, 여기서 내가 빠져나가면 또 다른 누군가에게 죄를 뒤집어씌울 것을. 자, 이제 여러분들은 저 법정의 오른쪽 문으로 나가겠죠. 나는 법정의 왼쪽 문으로 당당하게 나갈 거예요. 누구의 선택이 옳은 지 신은 알고 있겠죠.”

대법정 문 닫는 소리에 서산 붉게 물이 든다.

이별 연습 (수필)

김석인

장모님과 동거를 시작한 지 어언 한 달이 되어간다. 퇴원하면서 우리 집으로 모시고 왔는데 요실금이 심해서 소변줄을 달고 계신다. 병원용 침대까지 갖추어 돌보고 있지만, 화장실에 갈 때는 부축을 해드려야 한다. 낮에는 요양보호사의 도움을 받고, 밤이면 더 심해지는 치매 증세를 아내와 내가 고스란히 받아내고 있다. 우여곡절을 겪으며 안정을 찾아가고 있으니 그나마 다행이다.

장모님은 장인어른이 돌아가신 후 3년을 홀로 지내셨다. 결혼을 한 4남매가 그동안 줄기차게 동거를 설득했지만, 장모님의 황소고집을 꺾을 수는 없었다. 고혈압, 당뇨와 동행을 하면서도 매일 한 움큼씩의 알약으로 용케 버티셨다. 그러나 갈수록 불어나는 몸집과 에둘러 찾아오는 치매 증상을 감출 수는 없었는지 젖은 눈길을 허공에 박고 있는 날들이 자주 눈에 띄었다.

지난여름 장모님의 생신을 맞아 자식들이 한자리에 모였다. 동화처럼 지어놓은 처남 집에서 조촐한 행사를 마치고 헤어질 때, 장모님의 눈빛이 잠시 흔들렸다. 그래서 우리 집으로 모셨는데 그날 밤에 일이 터졌다. 새벽 3시쯤 되었을까 장모님이 잠을 못 이루고 뒤척이셨다. 당신은 괜찮다고 하시는데 몸이 퉁퉁 부어 있었다. 응급실로 달려가니 의사 선생님이 혀를 찬다. 할 말이 없었다.

코로나19 때문에 장모님의 입원은 제약을 많이 받았다. 어쩔 수 없어 24시간 간병인을 붙였다. 그래도 끼니때마다 눈인사는 나눴다. 한 달이 지나면서 병원에서 퇴원을 종용했다. 치료해도 더 이상 좋아지지 않는다는 것이 이유였다. 참 난감했다. 환자는 아직 거동이 불편한데, 현재 상태로는 요양병원으로 가야 하는데, 요양병원에 가게 되면 더 이상 만나 뵐 수가 없을 텐데, 이놈의 코로나19 때문에.

몇 날 며칠을 고민한 끝에 장모님을 집으로 모셨다. 주변에서는 이구동성으로 요양병원에 가는 것이 답이라고 했다. 당신 몸은 돌보지 않고 가족만을 위해 살아오신 장모님을 요양병원으로 보낼 수는 없었다. 고혈압과 당뇨에 무너진 몸이 좋아지지는 않겠지만, 언제 돌아가실지도 모르는 장모님과 생이별을 할 수는 없는 일이었다. 아내와 나는 아름다운 이별 꿈을 꾸기 시작했다. 그래 지금부터 이별 연습을 하는 거야.

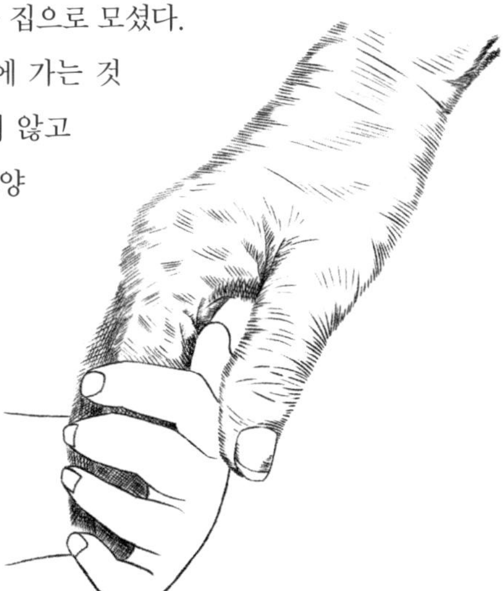

경주에서 출생해 줄곧 음악이 천직인 줄 알고 살던 중 2016년 9월 소설에 첫 입문 했다. 2019년《사이렌》으로 한국소설 신인상,《아이를 부탁해》로 포항소재 문학상 수상, 2020년 한라일보 신춘문예에 소설《버스커, 버스커》가 당선되었다.

그 이후 느닷없는 펜데믹의 여풍으로 운영하던 음악학원이 휘청하면서 더더욱 소설에 집중했고, 그 결과 제7회 경북일보 문학대전에서 대상을 탔다. 그러고 보면 내게는 코로나가 맘껏 글을 쓸 수 있는 기회를 준 셈이다.

이은정

흔들린 우정 (산문)

홍익대학교 조형대학부 영상영화과 졸업하고 단편영화《여름》연출하였다. 40, 41회 경기도미술대전 특선, 입선, 관악현대미술대전 입선, 평화통일미술대전 특선, 동화책 속 세계여행 일러스트 특별상을 받았다. 산문집《평범한 일상 속의 특별한 아이콘 - 일일일》등에 그림을 그렸다

전쟁 같은 팬데믹! 위기는 오히려 자신의 모습을 분명하게 들여다보도록 만들어 준다. 그래서 위기가 자신을 변화시킬 기회일 수 있다.

이미정

흔들린 우정 (그림)

흔들린 우정 (산문)

이은정

와이너리 주차장으로 들어서자 차 엔진이 갑작스럽게 멈췄다.아무래도 추석 연휴 동안 차를 세워둔 것이 배터리 고장을 불러일으킨 듯했다. 와이너리 문을 열고 친구를 불렀지만 대답 대신 물소리만 들렸다. 잠시 후 주방 문을 열자 싱크대에서 과일을 씻는 친구의 모습이 보였다. 나는 인사도 생략한 채 달려들어 행주로 젖은 과일을 닦았다. 그런 후 과일을 창고로 날랐다.

창고 입구에는 친구가 미리 챙겨놓은 짐이 산더미였다. 그때까지도 와이너리 밖으로 짐을 가져갈 거라곤 예상치 못했으므로 내심 저 짐들을 어쩌려고 저러나, 궁금했다. 전에도 종종 체험객들이 와이너리로 와서 와인 담그기나 시음회를 한다는 얘기를 들었던 터라 이번에도 그럴 거라고 생각했다. 그런데 그게 아닌 모양이었다. 친구는 내 차에다 짐을 나눠 실어 행사장까지 갈 심산이었던지 차가 고장이 났다고 하니까 태도가 싸늘해졌다. 그렇지 않아도 불안불안 하더라며 냉랭하게 내뱉는데 죄인이 따로 없었다.

차를 가진 누군가의 도움이 필요했다. 마침 와이너리에 딸린 포도밭에서 친구의 시누이가 포도를 따고 있었다. 명절이라 친정에 들렀다가 포도를 따서 서울로 곧 출발할 거라고 했다. 하는 수 없이 시누이의 차에 짐을 나눠 실었다. 짐들이 어찌나 무거운지 혼자서는 들 수도 없어 쩔쩔매자 친구가 한심하다는 듯이 눈을 흘겼다. 그러고는 보란 듯이 10킬로가 넘는 상자를 가볍게 들어 뛰기까지 했다. 150센티도 못 미치는 작은 체구에서 어찌 저런 초인적인 힘이 나오는 건지 와인 병이 담긴 상자는 20킬로는 훌쩍 넘을 텐데. 나도 모르게 주눅이 들었다.

행사장까지는 40분이 걸린다고 했다. 차 안은 어색한 침묵이 내려앉아 공기가 무거웠다. 시선 둘 데가 없어 차창 밖으로 지나치는 가로수를 헤아리고만 있었다. 운전대를 잡고 있는 친구의 입술은 굳게 닫혔고, 웃음기라곤 없는 경직된 얼굴을 보는 것도 가시방석이었다. 급기야 세상에 대한 원망이 내 안에서 터져 나왔다.

'이 모든 게 코로나 때문이야. 그렇지 않았다면 여기까지 오지도 않았을 것을.'

그러니까 사흘 전, 친구는 다급한 목소리로 와이너리에 행사가 잡혔다며, 연휴에 일손을 구할 수가 없어 그러니 좀 도와달라고 전화를 했다. 과일을 썰고 설거지를 하면 된다고 해 선뜻 응했지만, 실은 아르바이트조로 몇 푼이라도 벌어보겠다는 심산이었다.

작년 봄, 나는 음악학원을 무리하게 이전했다. 초등학교 앞이라 학원은 그런대로 잘 굴러갔고 신학기를 기대하고 있었다. 코로나가 유행하자 교육청 권고로 석 달이나 문을 닫게 되면서 고전을 면치 못했다. 글을 쓰는 것만이 유일한 일과가 되었고, 그러한 채로 황금 같은 신학기도 놓치고 말았다. 경제적으로도 힘들어졌다. 월말이면 카드대금, 각종 세금고지서가 목을 옥죄었다. 2학기를 기다렸지만 광복절을 계기로 코로나가 전국적으로 확산되는 바람에 학원가는 또다시 직격탄을 맞았다. 주변의 학원들도 몇 군데나 문을 닫았다. 대로변에 내걸린 임대 현수막이 눈에 띄게 늘어가고 있었다.

행사장은 폐교를 임대받아 캠프장으로 운영되는 곳으로 운동장에는 텐트가 40여 동쯤 쳐져 있었다. 친구는 와이너리 홍보도 할 겸 재료비 조로 몇 푼 받아 행사를 진행하는 조건으로 계약한 모양이었다. 이윽고 오후 2시가 되자 와이너리 부스에서 뱅쇼 체험이 시작된다는 안내방송이 울렸다. 주최측 관계자는 체험에 사용될 재료들을 일일이 폰으로 찍으며 120명 이상은 참가할 것이라고 귀띔해주었다. 뱅쇼는 와인에 계피, 정향. 팔각 등의 향신료와 오렌지, 레몬, 사과 등의 과일을 넣고 20분 이상 끓여내어 꿀이나 설탕을 넣어 달달하게 마시는 음료였다. 끓으면서 알코올이 휘발되기 때문에 아이들이 먹기에도 적당했다. 특히 비타민과 면역력 증강에도 좋아 감기 예방에 도움이 된다고 했다.

친구가 체험객들에게 둘러싸여 뱅쇼를 설명하고 진행하는 동안 나는 과일을 썰었다. 스테인리스 볼에다 한 번의 분량만큼 과일을 나눠 담아 향신료와 설탕을 뿌렸다. 체험이 끝날 때마다 설거짓거리가 쏟아져 나왔고, 그 그릇들을 거둬서 10미터 거리에 있는 수돗가로 뛰어가 씻는 작업이 수없이 반복되었다. 다리가 후들후들 떨렸다. 시간이 경과하자 팔다리가 무지근하면서 온몸이 몽둥이찜질이라도 당한 듯 욱신거렸다. 종일 굶은 탓에 배도 고팠다. 체험객들의 줄이 어느 정도 줄어들자 누렇게 갈변된 사과 한쪽을 슬쩍 입에다 넣었다. 우물우물 씹는 순간 뒤통수에서 면박이 날아왔다. 친구는 아래 것에게 명령하는 여주인처럼 정색한 얼굴로 위생상 청결치 못하다는 이유를 들어 단호하게 지적했다. 야단을 맞고 나자 얼굴이 화끈했다.

드디어 체험은 끝이 났다. 숨통이 좀 트이는가 싶기도 전에 친구는 와이너리에 단골고객이 오기로 했다며 얼른 짐을 치우라며 토끼몰이하듯 몰아붙였다. 미적거리기라도 하면 그 즉시 잔소리가 날아들었다. 주차장까지 짐을 옮기는 것도 부담이었다. 솔직히 짐을 들 자신도 없었다. 작은 짐들만 골라 나르다 보니 눈치가 보였다. 다행히 올 때보단 짐이 많이 줄어들긴 했다.

차 가득히 짐을 싣고 행사장을 벗어났을 땐 기진맥진해 쓰러지기 직전이었다. 운전대를 잡고 있는 친구는 아직도 화가 덜 풀렸는지, 아니면 또다시 화가 났는지는 몰라도 침묵으로 일관했다. 냉랭한 기운에도 눈꺼풀은 자꾸만 감겨들고, 어색한 분위기를 무마하기 위해 나는 억지로 입을 떼었다.

"대부분 가족 단위로 왔던데 와인도 내놨으면 제법 팔렸을 것 같아."

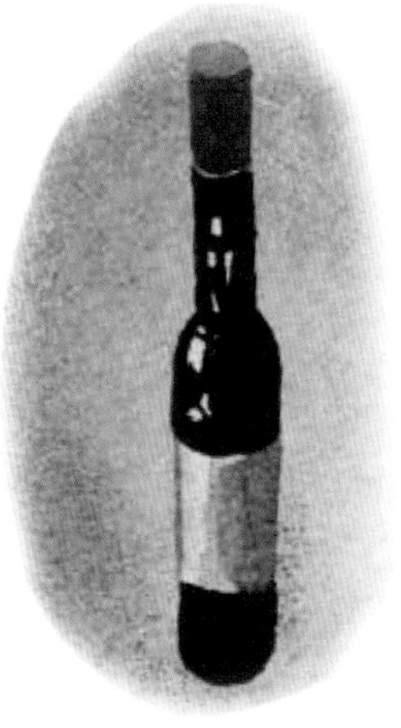

"바쁜데 어떻게 팔아? 그러려면 한사람이 더 있어야 해. 차 떼고 포 떼고 남는 거도 없어."

"내가 틈틈이 팔면 되지 않았을까?"

"너가 잘도 팔겠다."

친구가 무시하는 투로 비아냥거렸다. 나는 속이 있는 대로 상해 그만 입을 닫았다. 친구와는 여고 때 만나 이제껏 함께했으니 속엣 말도 거침없이 하는 사이였다. 그런데도 자꾸만 섭

섭한 감정이 치밀었다.

와이너리에 도착해 자동차 보험서비스를 불렀다. 배터리를 충전시키는 동안 친구와 믹스커피를 마시며 대화를 시작하려는 순간 와인을 사러 온 고객이 들이닥쳤다. 친구가 그들을 와인창고로 데려가자 주변이 적막감으로 둘러싸인 듯했다. 내 가슴도 텅 빈 듯 허탈감이 몰려왔다.

30분째 주차장에 멍하니 서서 기다렸다. 친구는 이야기가 길어지는 모양이었다. 이대로 차를 끌고 가버릴까 망설이다가는 마음을 거두고 산책을 나갔다. 눈앞의 풍경이 고적했다. 들판에는 누렇게 익은 벼가 바람에 몸을 살랑이고, 포도밭에는 검붉은 포도송이가 육즙을 가득 머금어 수확의 손길을 기다리고 있었다. 실시간으로 날아드는 안전문자만 잠잠해 준다면 세상에 무슨 일이 일어났는지도 모르게 더없이 평온한 광경이었다. 두 팔을 활짝 뻗어 폐부 깊숙이 공기를 들이마시자 배가 불룩해지면서 허기도 가시는 듯했다.

어느새 사위가 어둑해졌다. 너무 멀리 왔는지 갈 길이 아득했다. 와이너리로 돌아왔을 때 인기척이라곤 없었다. 포도밭으로 걸어갔다. 어두워서 발밑에 풀 스치는 소리에도 깜짝깜짝 놀라곤 했다. 포도를 따고 있던 친구가 나를 먼저 발견하고는 어딜 갔었냐며 성을 냈다. 나는 산책했다고 얼버무리고는 집에 갈게, 라고 대답했다. 산책을 하는 동안 어느 정도 앙금이 풀렸다고 생각했는데 그새 또 기분이 틀어진 거였다. 친구가 밥이라도 먹자고 붙잡길 바랐던가. 친구가 내미는 포도상자도 달갑지 않았다.

차에 올라타 출발하려는데 반쯤 열린 차창으로 5만 원 지폐 한 장이 사뿐히 날아와 포도 상자 위로 안착했다. 당연히 받아야 할 일당인데도 멋쩍었다. 친구의 얼굴이 밝았다면 기분 좋게 받았을 텐데……. 공연히 서글펐다.

한 시간을 달려 집으로 돌아왔을 때 울컥하고 눈물이 쏟아졌다. 참았던 감정이 폭발한 거였다. 온종일 어찌나 긴장했던지 누워 있어도 잠은 오지 않고, 돈 몇 푼에 우정을 잃어버린 것 같은 상실감이 목덜미를 치고 올라왔다. 베갯잇이 축축했다. 밤새 뒤척이다 새벽녘에야 겨우 잠이 들었다.

유난히 햇살이 맑은 아침이었다. 어젯밤, 베란다에 둔 포도 상자에도 볕이 짱짱하게 비췄다. 포도가 상할까 봐 상자를 옮기려다 말고 주춤했다. 엊저녁 배가 너무 고픈 나머지 운전 중에 허겁지겁 포도를 따먹은 것이 몹시 후회되었다. 상자 안에 거멓게 핀 곰팡이를 보는 순간 다 토해내고 싶었다. 포도를 만질 때마다 햇살에 드러난 곰팡이 분이 일제히 군무를 추는 듯했다. 한숨 섞인 탄식이 내 입에서 흘렀다.

하찮은 사람으로 취급받은 듯한 찜찜함은 한동안 이어졌다. 며칠 후 친구가 전화를 했다. 차는 고쳤냐고 묻더니 그렇게 힘이 없어서 어쩔 거냐며 또 다시 타박을 했다. 나는 대답도 않고 가만히 듣고만 있었다. 그러자 친구는 뒤가 켕기는 사람처럼 자신의 사정을 변명하듯 늘어놓기 시작했다. 그놈의 코로나가 문제였다. 와인 판매량도 예전 같지 않은 데다 거래처에서 받아내지 못한 미수금도 상당하다고 했다. 게다가 작년에 무리하게 와이너리를 확장하고 펜션을 짓느라 대출금을 갚아나가는 상황에 코로나가 터져버렸다고, 그러니 사는 게 팍팍해지고 궁지에 몰리다 보니 성질만 난다고 했다. 기분이 씁쓸했다. 돌이켜 생각하면 우리가 32년이나 변함없는 우정을 지속할 수 있었던 건 언제나 넉넉히 받아주는 친구의 성품 때문이었다. 전화를 끊고 나는 마음을 다잡았다. 힘을 쓸 수가 없으니 글이라도 열심히 쓰자 싶었다.

며칠 전, 모 공모전에 응모한 소설이 대상에 선정되었다는 통고를 받았다. 친구에게도 알렸다. 누구보다 기뻐해 주었다. 지쳐도 또 살아지는 건 이렇듯 느닷없는 반전에 힘을 얻기 때문일 것이다. 따지고 보면 이런 행운도 코로나 덕분인지도 모르겠다. 등 떼밀려 모처럼의 휴가를 보내고 있는 셈이니까. 그래서 글에 더 집중할 수 있었을 테니.

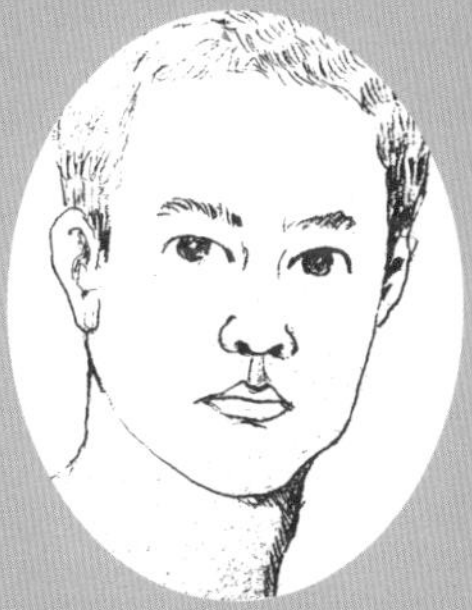

1965년 충북 충주에서 태어났다. 고등학교 2학년 겨울 처음으로 소설을 쓰겠다고 방학 내내 작은방에서 몸을 웅크렸고 대학에서는 문학 동아리에 들어 시를 쓰기 시작했다. 2010년 중앙일보 중앙신인문학상에 시 당선으로 등단 지금은 바다가 정원인 곳에서 몸을 휘어 쉼표의 활이 된 나는 느낌표를 시위에 메워서 마침표를 겨냥하곤 한다.

박현웅

별 냄새 나는 인류여,
안녕하신가 (시) 외

홍익대학교에서 동양화를 전공했으며 힐스 일러스트레이션학교를 다녔습니다. 틈나는 대로 동네 뒷산을 열심히 산책하고 하늘, 나무, 달 보기를 좋아합니다.

팬데믹시대를 살아가고 있는 요즘 답답하고 마음이 많이 우울해집니다. 코로나로 인해 여행이나 외출도 어렵고 가족 간에 함께 있는 시간이 늘어 나면서 갈등도 생기기 마련인 것 같습니다. 그럴수록 더욱 함께 존재함 자체로 소중하게 여기고 서로에게 헌신하고 사랑하는 마음으로 살아가야겠다는 생각이 강하게 듭니다.
부디 이 어려운 시기를 모두들 잘 이겨내고 서로에게 힘을 주고 위로가 되는 존재로 거듭날 수 있는 희망이 되기를 바랍니다.

박연경

나룻배 (그림)

별 냄새 나는 인류여, 안녕하신가 (시)

박현웅

1

너는 천사의 웃음으로 최선을 다해 울었다
그림자를 얻었으므로

2

내 어머니의 먼
최초의 어머니는 어느 별의 티끌이었지
홀연 몸 사라지고 뿌연 정신으로 떠 있었어 그녀는
몇 겹 투명한 무게를 채우며 허공을 메워나가기 시작했지
제 그림자가 제 몸을 깎는 열 개의 달을 묵묵히 걸었던 거야
그동안 별들이 수시로 지고
지나온 맨발자국마다 환한 그림자가 넘쳐흘렀어
죽음보다 더 독한 그녀
단내 나는 고통을 삼키며
어떤 모양의 또 다른 사랑을 품에 안았을까
그녀의 첫 남자는 태양이었어

그녀도 한때 활활 타오르는 불꽃이었지
침침하게 돌아오는 태양의 집은 너무도 쉽게 어두워졌어
저녁마다 그녀는
긴 머리채를 풀어헤쳐 조금씩 불사르며
태양의 검은 화구에 자신의 불씨를 묻어주었지
그렇게 사그라져 내부 깊숙이 부유하는 유형지가 된
은비늘 더미는 녹록하지 않은 생활 앞에
울음마저 무릎 꿇으려 할 때
바닥에서 솟구쳐 오르는 투명한 독백이야
비극의 그 끝 카타르시스를 위한 무대의 주인공이지

밤이면 어둠을 차려입은 별들이 흰 국화 얼굴로
빈 안구에 조문을 다녀가고 우리
서로의 얼굴에 조등을 밝혀 들고 낮을 견딘다
이렇게 지구는 매일 상가喪家와 같은데

깊은 잠속에서 내 몸 어딘가 근지럽고
아득해진 무수한 별들이 내 정적의 이마를 깨뜨리며
하얗게 쏟아질 때 나는
갓 태어난 아이의 모습으로 아직 눈 감고 생각한다
'별의 티끌이 나에게까지 흘러왔구나'

3
깔깔한 눈물이여, 고단한 내 영혼을 탕진하라-
무능으로 봉인된 육체는 오직
우리가 끌고 가는 검은 문짝이 단 한 번 열릴 때까지
투명한 시간의 기둥을 녹이며 흘러내릴 뿐이다
불행할 이유가 있어 젖은 심지는 아직 희망이다

절룩이는 불꽃이여,
차가운 광장의 이 어둠을 핥아다오-

나룻배

살아있으라 (시)

박현웅

1
내 속의 어린아이와 어른인 육체가 부딪힌다

2
눈도 없고 귀도 없는 구더기들은 밥알의 모습으로
죽은 동물의 빈 뱃속부터 가득 채워준다는데
저쪽 사람들이 조문객처럼 왔다가는 동안
식솔들은 다 떨어져 나가고 맞지 않는 퍼즐 조각으로
아이는 쓰레기더미를 뒤지고 있었다는데

아이가 우는 소리를 들었던가
맞물리지 않아 쩔그럭거리는 육체의 표정이
심하게 떨리고 있다, 하나의 거죽을 뒤집어쓰고
서로 사라지지 않으면서 틀리고 있다는 것은
얼마나 건강한 일인가
아이가 몸을 뒤척일 때마다 좀 더 추악해지지 않기 위하여
나는 이해할 수 없는 방언으로 괴로워했다
그러나 우리들 후회는 이미 충분하게 아름답다

저쪽 울음이 온몸으로 나를 두드린다
내가 오른손으로 울음을 잡아주자
허물 벗은 눈물이 왼손의 날로 가볍게 날아오른다
아이야, 살아있으라-
존재하지 않을 수 없음도 나와 너의 무능
악몽이든 길몽이든 불끈거리는 예감으로 살아있으라

송영인

창진의 도시락 (산문)

1971년 경남 진주에서 태어났다. 한신대학교 문예창작과에서 소설을 전공했다. 공무원 문예대전 단편소설 부문 행정자치부 장관상, 세계평화안보문학축전에서 대통령상, 단편소설 부문 영남일보 문학상 등을 수상했다.

코로나19가 발생한 이후 내가 한 일이란 직장을 다니고 가족들을 위한 음식을 만들고 호조벌을 걷는 게 다였다. 호조벌을 걷는 동안 나는 그동안 잘못했던 일에 대해, 잘못하고 있는 일에 대해 생각하고 또 생각했다. 일생을 잘못 살아왔다는 자각이 들었다. 하루하루 똑같아 보이지만 조금씩 변하는 호조벌의 풍경과 연과 벼의 한살이를 보며 인간 또한 그와 다르지 않다고 느꼈다. 어쩌면 코로나19는 지구의 주인인 양 구는 오만한 인간이라는 종에게 자연이 주는 경고일지도 모른다. 미세먼지 하나 없이 가을 하늘이 높고 푸르다.

장수금

함께 (그림)

숙명여자대학교에서 서양화를 전공하고, 책이 좋아 한국일러스트레이션학교와 어린이책작가교실에서 공부했다. 다양하고 새로운 생각들을 책에 담길 원한다. 2005년 한국출판미술대전 논픽션 부문에서 금상을 받았고, 그림을 그린 책은 《건축물에 얽힌 12가지 살아 있는 역사 이야기》 등이 있고, 글을 쓴 책으로 《세상에서 가장 무서운 건 누구》가 있다. 주어진 시간과 여건에서 오늘도 도전한다.

어려움을 겪는 사람들이 잘 견뎌내기를 기원합니다.

"문제를 열거하는 것보다 받은 복을 세어보는 것이 훨씬 낫다."(Russell M. Nelson) 주어진 복에 감사하며 복을 나누기를 노력합니다.

창진의 도시락 (산문)

송영인

샛노란 은행나무가 줄지어 선 동네 거리를 걷는다. 떨어진 은행을 밟지 않으려 조심조심 걷는다.

카페를 지나고 빵 가게를 지나고 피시방을 지난다. 내가 단골로 들리던 만두가게는 텅 비어 있다.

호조벌로 들어선다. 내가 걷는 길 오른쪽에는 연꽃테마파크가 있고 왼쪽으로는 물왕저수지에서 흘러내린 물이 바다 쪽을 향해 잔잔하게 흐른다.

중국 우한에서 코로나가 발생했을 때 나는 유튜브를 통해 차와 사람들이 다니지 않는 텅 빈 도시와 거리에서 갑자기 픽 쓰러지는 사람과 병원에서 비닐로 얼굴을 감싼 채 진료 순서를 기다리는 긴 줄을 보았다. 재난 영화를 실시간으로 보는 것처럼 뭔가 가공의 상황이 아닌가 미심쩍으면서도 한편으로는 저런 상황이 우리에게도 닥치면 어쩌지, 하는 불안감이 엄습했다. 불행하게도 이내 우리나라에도 확진자가 한 명씩 생기기 시작했다. 나는 다소 비장한 마음으로 라면과 쌀, 휴지, 통조림을 비롯한 두 달 치 생필품을 주문했고 마치 폭파 전문가처럼 메틸알코올과 글리세린을 섞어 손 소독제 오십 병을 만들었다. 바이러스를 폭파할 수 있는 폭탄을 가진 것처럼 든든했다. 어쩌면 가족들을 데리고 산으로 올라가 땅굴을 파야 할지도 모른다고 생각했다. 아포칼립스 류의 소설을 너무 많이 읽은 탓이었다. 다행히도 내가 우려한 도시 봉쇄와 거리에 생필품을 구하러 나간 사람들이 바이러스에 감염되어 픽픽 쓰러져 죽어 나가는 일은 벌어지지 않았다.

하지만 겨울을 지나 봄과 여름이 가는 동안 나는 퇴근길에 카페에 들러 커피를 마시며 글을 쓰지 못했고 좋아하는 친구들과 술자리도 가지지 못했다. 서울에서 하는 문학 모임도 나가지 않았다. 바이러스는 내 주위를 맴도는 것 같았고 나는 매일 퇴근길에 한적한 호조벌을 찾았다. 직장에 가지 않는 휴일에도 나는 퇴근 시간에 맞춰 이 길을 걸었다.

처음 이 길을 걸었던 때는 겨울의 끝자락이었다. 호조벌과 수로와 연꽃테마파크의 풍경은 변하지 않는 듯 조금씩 변해갔다. 겨울에는 사람들이 거의 없었다. 수백 마리의 참새들이 억새에 붙었다가 날아가기를 반복했다. 봄에는 산벚꽃이 피었고 수로와 연밭의 물이 은빛으로 반짝거렸다. 연꽃이 피는 여름에는 사진 찍는 사람들이 이곳을 찾았다. 삼각대를 펼쳐놓고 주둥이가 기다란 사진기로 몇 시간을 꼼짝도 하지 않고 활짝 핀 연꽃과 저어새가 긴 날개를 퍼덕이며 날아가는 모습을 찍었다. 마스크를 낀 관광객들이 연꽃을 보러 왔다. 나는 그들을 피해 수로를 따라 걸었고 멀리서 연밭을 보는 것을 즐겼다. 드넓은 벌판에 빽빽하게 들어찬 커다란 연 이파리들이 바람에 이리저리 너울거리면 마치 파도가 치는 것 같았다. 멈춰 서서 그 일렁이는 모습을 보고 있으면 이 세상 풍경이 아닌 듯했고 불교에서 연을 신성시하는 이유를 알 것도 같았다.

바이러스는 좀처럼 없어지지 않았고 나는 여전히 사람들이 붐비는 어느 곳도 가지 않았다. 그렇게 이 길을 걷는 동안 가을이 왔다. 수로 옆에는 억새가 바람에 줄기를 한껏 젖혔다가 다시 제자리로 돌아오길 반복한다. 잎이 가벼운 것들만 가질 수 있는 유연함이다.

그 반대편에는 누렇게 변한 연 줄기들이 뚝뚝 부러져 시커먼 뻘 속에 박혀 있다. 연꽃이 먼저 지고 연잎이 쪼그라들면 메마른 줄기가 바람을 견디지 못하고 꺾인다. 영광의 시절은 널따란 잎과 화사한 꽃이 차지하는 반면 잎과 꽃이 지고 나면 그것을 말없이 지탱하던 줄기만 흉물스럽게 남는다.

세 자매를 둔 가장이 15층에서 자살을 시도했다. 코로나로 장기간 영업이

중단되면서 그가 운영하던 가게는 문을 닫았다. 한밤중 그가 15층 난간에 앉아 있는 것을 지나가는 사람이 보고 신고했다. 출동한 경찰관은 1층에 매트를 설치하고 그에게 다가가 말을 걸었다. 술이나 한잔하면서 이야기하자고 말을 붙였고 아래만 내려다보던 그가 경찰관 쪽으로 고개를 돌렸다. 그때 반대편으로 조심스레 다가간 다른 경찰관이 그의 허리를 감싸 안고 구조했다. 그는 누군가에게 말하고 싶었을 것이다. 자기 잘못이 아니라고, 코로나가 올 줄 어떻게 알았겠냐고. 그 뉴스가 며칠 동안 내 머릿속에 잠복해 있다가 뚝뚝 부러진 연 줄기를 보자 떠오른다. 그리고 꽁꽁 싸매 봉인해 놓았던 내 아픈 과거도 순간 해제된다.

중학교 2학년이었던 5월의 마지막 날이었다. 학교에서 돌아와 보니 부모님은 안 계시고 낯선 사람들이 신발도 벗지 않고 집안 곳곳을 돌아다녔다.

"얘가 이 집 아들이야?"

한 사람이 나를 손가락으로 가리켰다. 여러 사람이 내게로 몰려들었다.

"너 아버지, 어머니 어디 있어? 넌 알고 있지?"

그들이 내 팔을 잡고 흔들었다.

"쯧쯧, 불쌍해서 어쩌누."

몇몇 사람들은 내게 고함을 질렀고 어떤 사람들은 혀를 끌끌 찼다. 부도가 나서 우리 집이 망했다는 말에 나는 기절한 척 쓰러졌다. 외숙모가 나를 방으로 옮겼다. 나를 옆에다 두고 그들은 둘러앉아 부모님 욕을 해댔다. 가깝게 지내던 이웃이며 친척들, 우리 집에서 일하던 사람들이 더 심하게 말했다. 혹시나 자기에게까지 불똥이 튈까 봐 그랬을 것이다.

그때 내가 키우던 고양이가 다가왔다. 발톱을 세워 내 손목을 할퀴었다. 반응을 보이지 않자 이빨로 손목을 물어뜯었다. 피가 손목을 타고 흘렀다. 방바닥에 피가 흥건하게 고였지만 나를 신경 쓰는 사람은 아무도 없었다. 나는 깨어 있는 것을 저들이 눈치챌까 두려워 눈 뜨지 않았다. 고양이는 주인이 반응이 없자 더 깊이 이빨을 박았다.

매일 밤 내 배 위에서 자던 고양이였다.

그날 이후 매일 밤 빚쟁이들이 찾아왔다. 누나와 나는 매일 밤 전기차단기를 내리고 바깥으로 나갔다가 빚쟁이들이 다 간 것을 확인하고 집에 들어갔다. 날이 갈수록 찾아오는 숫자가 줄어들었다. 아버지와 어머니는 연락이 없었다. 우리 집에서 일했던 당숙이 쌀과 김치를 가져다주었다. 그걸 먹고 학교에 갔다. 학교에선 할 일이 없어 멍하니 창밖만 바라보았다. 아이들은 여전히 운동장에서 축구를 하고 피구를 하고 재잘거리며 놀았다. 변한 것은 아무것도 없는 듯했다.

그 무렵 제일 슬펐던 건 등록금을 연체하고 자기와 약속한 기간 내에 안 냈다고 담임에게 뺨을 맞은 것도 아니었고, 쌀이 떨어진 빨간 플라스틱 통을 확인하는 것도 아니었다. 누나네 반에서 불우이웃 돕기 성금으로 걷은 돈을 영광스럽게도, 누나가 반에서 가장 불우한 급우로 선정되어 빨간 돼지 저금통을 받아들고 와서 멍하니 앉아 있던 모습을 보는 일도 아니었다.

그건 매일 찾아오는 점심시간이었다. 종이 울리고 아이들이 도시락을 꺼낼 때 나는 슬며시 뒷문을 열고 바깥으로 나갔다. 아이들의 떠드는 소리에도 문 여는 소리가 나에겐 너무나 크게 들렸고 뒤돌아보지 않아도 알 수 있었다. 몇몇 시선들이 나를 향해 있다는 것을. 그리고 절대 뒤돌아보지 않아야 한다는 것도. 운동장을 걷다가 수돗가에 들러 물을 마시며 하늘을 참 많이도 올려다봤다. 햇빛이 눈 속을 파고들면 얼굴을 찡그렸다. 가끔 눈물이 번지기도 했다. 배가 고파서가 아니었다. 그다음 날도 그 시간에 교실 뒷문을 열어야 한다는 사실이 끔찍하게도 싫었다.

그 사정을 안 창진이라는 친구가 내 도시락을 싸 왔다. 내가 싸 온 것처럼 보이려고 친구는 반에서 가장 빨리 등교해서 내 책상 서랍 속에 도시락을 넣어두었다. 신문지에 쌓인 금빛, 사각 반듯한 양철 도시락을 꺼낼 때마다 나는 그 친구에게 감사한 마음보다는 오늘은 점심시간에 뒷문을 열지 않아도 된다는 안도감이 훨씬 컸던 것 같다. 아이들과 같이 밥을 먹을 수 있다는 것, 텅 빈 운동장을 혼자 서성거리지 않아도 된다는 것이 무엇보다 기뻤다. 창진이는 고등학교를 졸업할 때까지 가장 빨리 등교하는 학생이 되었다. 그런 덕분에 창진이는 공부를 잘하게 되었으면 좋았을 텐데 어쩐 일인지 성적은 갈수록 떨어졌다.

창진이는 지금 사업을 한다. 나는 술을 마시면 창진에게 전화하는 나쁜 버릇을 가지고 있다. 특히 힘든 일이 있으면 십중팔구 그렇다. 그럴 때면 창진은 술 처먹고 전화하지 말라고 핀잔주기 일쑤다. 며칠 전에도 집에서 혼자 술을 마시다 창진에게 전화를 걸었다.

"요즘 사업은 좀 어떻노?"

"죽지 몬해 산다. 요새 안 애려운 사람이 오데 있노. 니 같은 월급쟁이들이나 안 애렵지. 악착같이 살고 있소. 걱정 마시오."

괜찮은 듯 말하지만 지금 이 시기가 얼마나 힘든지 목소리만 들어도 알 것 같았다. 창진이가 말한 듯이 지금 안 어려운 사람이 어디 있겠는가. 더 힘들고 덜 힘들고의 차이일 것이다. 코로나가 발생한 이후 늘어난 배달 물량 때문에 업무량이 늘어나 택배 일하시던 분이 돌아가셨다는 뉴스가 종종 들렸다. 며칠 전에는 카페를 운영하던 사람이 극단적 선택을 했다. 나 같이 거의 매일 카페에 가던 사람도 가지 않으니 운영난이 심각했을 것이다. 나는 그런 소식을 들을 때마다 기사에 등장하는 사람보다 그 가족들이 더 걱정됐다. 가게를 폐업한 가장을 둔 세 자매는, 과로사로 아버지를 잃은 아이들은, 운영난에 자살한 카페 주인의 가족들은 어떻게 살아가고 있을까. 갑작스러운 불행이 얼마나 삶과 마음을 망가뜨리는지 겪어본 사람은 안다. 그들에게는 친구의 도시락 같은 것이 있을까.

여름에는 집에 도착해도 해가 지지 않았는데 가을이 되자 돌아가는 길에 석양이 진다. 서쪽 바다로 흘러가는 수로의 물을 따라 걷는다. 바람에 나뭇잎들이 흩날린다. 억새에 이는 바람 소리가 바삭바삭 메마르게 들린다. 수로의 물은 갯골을 지나 월곶을 지나 바다로 흘러갈 것이다. 어둠 속으로 흘러가는 물을 보고 있으면 언제나 정신이 아득하다. 옆길로 빠져 집으로 향한다.

샛노란 은행나무가 줄지어 선 동네 거리를 걷는다. 은행을 밟아 고약한 냄새가 코를 찌른다. 발바닥을 땅바닥에 문지른다. 리버사이드 카페에는 점원이 스마트폰을 보고 있다. 손님은 아무도 없다. 빵 가게에는 손님 하나가 빵을 고른다. 주인은 물끄러미 그 광경을 쳐다본다. 이 층 피시방 간판에 네온사인이 켜져 있다. 아마 문을 다시 열었나 보다. 텅 빈 만두가게를 지난다. 내가 단골로 들리던 곳이다. 창문에 임대라는 붉은 글씨가 붙은 지 두 달 남짓 되었다. 날씨가 쌀쌀해지면 소독차에서 내뿜는 하얀 연기처럼 시야를 가리며 칙칙 김을 뿜어내던 찜기는 역시 보이지 않는다. 파란 토시를 차고 깊게 팬 주름으로 웃어주던 주인은 어떻게 살고 계실까.

서울에서 태어나 중앙대학교 대학원 문예창작학과 졸업하였다. 2012년도 조선일보 신춘문예 시로 등단하였다. 2018년 한국문화예술위원회 문예진흥기금 혜택을 받아서 시집 《거절하는 몇 가지 방법》(실천문학, 2019. 12.)을 출간하였다. 이 시집은 2020년 한국문화예술위원회 문학 나눔 우수도서에 선정되었다. 작가회의 회원, 실천문학회 회원, 중앙대 문인회 회원으로 활동 중이다. 기업체에서 인문학 강의를 하고 있다.

한명원

가뭇없이 간다 (시) 외

코로나19로 병상에서 사투 중이신 환자분들. 그분들을 치료하시는 의료 관계자분들. 하루하루 생계를 걱정하시는 소상공인분들. 그리고 감염의 공포에 떨고 있는 모든 분께 이 시를 바칩니다. 우리는 모두 캄캄한 터널을 걷고 있습니다. 춥고 두렵더라도 조금만 더 힘내서 갑시다. 저 터널 끝에서 빛이 보입니다. 서로의 따뜻한 시선과 작은 배려는 이 어려움을 극복할 힘이 됩니다. 마스크를 벗어 버리는 그 날까지.

그림 그리기를 너무나 사랑하는 한국화가입니다. 어린 시절 글을 쓰시는 아버지의 영향으로 늘 책과 신문에 잔뜩 둘러싸여 살았습니다. 상상하고 도전하는 것을 좋아하다 보니 실험적인 작업을 많이 합니다. 그림책, 회화, 캘리그라피, 일러스트, 한국화 등등 장르와 구분을 없애고 재료의 한계도 넘나들고자 노력합니다. 충남미술대전 한국화 대상과 아시아프 선발 및 외교통상부 작품 판매. 출간 도서 도서는 연필 들고 동시 쓰기/우리가 알고도 모르는 동물들/창비 중학교 국어/고등 국어 자습서가 있습니다.

장은용

낯선여행 (그림)

코로나의 낯선 경험은 화실을 하는 저에게는 멈춤의 시간이었습니다. 그렇지만 창작의 그림 작업으로 위로와 위안을 주려고 합니다. 그래서 이번 그림 역시 어두운 배경이지만 꽃의 이미지를 넣어보았습니다. 이 낯선 시간이 그만 되길 바랍니다.

가뭇없이 간다 (시)

-코로나19와 사투 중

한명원

보이저 1호가 우주로 날아간다
722kg 무게는 사라진 듯 공중에 붕 떠서
불러도 대답이 없는 차가운 암흑 속을 유영한다

어느 날
당신의 내장된 기억이
손목을 지나 명치를 지나 림프샘 주위를 지나간다
그러다 심전도 속을 지나 우주 영역으로 들어선다

보이저 1호는
태아 사진이 찍히던 날, 수학 공식을 외우던 날
마트에서 장을 보던 시간, 텃밭을 가꾸던 오후
도로를 질주하던 계절을 품고 있다
꽃이 피고 개울이 흐르는 소리
개가 짖고 아이들이 울고 웃는 소리가
고래의 음성처럼 몸체에서 부유하고 있다

당신의 뇌파 속에 있는 사랑이
아직은 나의 혈관 속에 흐르고 있다
우리는 다시 만나 인사할 수 있을까
공기라는 연료를 가득 싣고
광대한 우주를 품고 끝없이 가고 있는 당신

어디서 흘러왔고 어디로 흘러가는지는 모른다
다만 끊임없이 전송하는 임무만 할 뿐
가뭇없이 간다
행성과 달을 밟으며 보이저 1호가
새로운 우주 영역으로 들어서고 있다

언제까지 전송받을 수 있을까
우주의 별이 되어가는 당신

- 월간 《모던포엠》 4월호 발표

낯선여행1

대변 (시)

한명원

1.

입술에 갇혀 입 바깥으로 나가고 싶은 말
혀로 입천장을 꾹꾹 누르면 말이 색깔을 잃고 굳어간다

벤치에 앉아 햇볕 쬐는 등 굽은 하얀 마스크
공원에 밀착된 입술의 그림자 발견
그것을 견인할 햇빛을 찾아 두리번거린다
마치 자신의 정오가 검은 구름에 견인이라도 될 것처럼

길 건너 요가학원에서 음악 소리가 들린다
숨이 벌렁거리는 꽃무늬 마스크들
손도 뒤꿈치도 위로 쭉쭉 뻗으며
하늘을 들었다 놓았다 마스크 사이로 봄을 부른다

2.

오후 역 전 앞 지하상가 검은 마스크들
어쩌다 하얀 치아라도 보이면
침묵의 눈빛들이 일제히 그 벌린 입속으로 들어간다
바닥을 돌고 나온 눈의 비명
자신의 헐어 버린 목구멍 속으로 삼킨다

확진자 발생이라는 문자가 요동치다 잠잠하다
주머니에서 정방형 격자 마스크에 갇힌 말
귀에 거는 무표정의 퇴근길

사람들의 분절된 하루
각양각색의 마스크는 불티나게 팔리고
이 묵언 수행의 조각들을
지평선 구름은 퍼즐 맞추듯 붉게 연결한다

내일은 어떤 색깔의 마스크를 쓸까

백승권

고난 속에서 변하지 않는
사람들 (산문)

2020년 현재 JTBC에서 크리에이티브 디렉터 및 카피라이터로 일하고 있다. 같은 해 첫사랑과 첫아이에 대한 탐닉과 환상을 기록한 《도로시 사전》을 펴냈다. 여러 광고회사를 다니며 구글, 현대카드, 이케아, 디즈니, 랑콤 등의 광고 캠페인을 만들었다. 일과 사람 사이에서 느낀 절망과 고통, 분노와 슬픔을 《저녁이 없는 삶》과 《광고회사를 떠나며》로 출간했다. 2,700여편의 영화와 드라마에 대한 생각들을 《너의 시체라도 발견했으면 좋겠어》와 《연애의 허상》, 《코로나 시대의 사랑법》으로 펴냈다. 단편 소설 《버스는 오지 않는다》로 2018년 신춘문예에 당선되었다. 글렌 굴드, 한스 짐머, 류이치 사카모토의 음악, 수전 손택, 앤드루 솔로몬, 김훈, 신형철, 이충걸 작가의 문장, 크리스토퍼 놀란, 데이빗 핀처, 리들리 스콧, 스티브 맥퀸, 폴 토마스 앤더슨, 요르고스 란티모스, 루카 구아다니노, 박찬욱 감독의 영화들을 좋아한다.

박누리, 대학 연극제 연출부터 중국 유학생 영상 대회까지, 작품을 통해 세상을 표현해왔다. 이제는 한 폭의 그림으로 세상을 말하고 싶다.

사계절의 풀내음이 그립습니다. 꽃들은 우리에게 안녕을 건네지만 선불리 반겨주지 못해 마음이 쓰라립니다. 그런 마음을 꽃들도 알아챈 것일까요? 여느 때보다 활짝 피어 우리에게 눈인사를 하네요. “괜찮아, 다 잘될 거야.” 고난을 견뎌낼 수 있을 것이라고 힘내라고 말해주는 듯하네요.

박누리

코로나 단상 (그림)

고난 속에서 변하지 않는 사람들 (산문)

-영화 〈돈 워리〉의 존에 대하여

백승권

타인의 절망은 자주 희망이 된다. 난 저 정도는 아니지. 이상하지만 반사적인 위안을 얻는다. 당신의 고통과 슬픔과 아픔을 공감합니다… 라는 태도로 위장하기도 하지만, 같은 맥락과 상황의 고통과 슬픔과 아픔이 아니라면 가능할 리 없다는 것을 모두가 안다. 구스 반 산트 감독의 2018년 영화 돈 워리(원제: Don't Worry, He Won't Get Far on Foot)에서 존 캘러핸(호아킨 피닉스)은 평생 휠체어 선고를 받는다. 술 먹고 차 사고 났다. 같이 술 마신 운전자는 멀쩡했고 동승했던 존의 인생은 영원히 직립할 길이 없었다. 휠체어 상태에서도 포기하지 않는 건 희망이 아니라 술병이었다. 존은 몸이 쓰러질지언정 술을 위장에 24시간 들이부어야 하는 중독자였다. 사고 이후 달라진 건 서서 술 마시던 존이 앉아서 술 마시는 존이 되었다는 것뿐이었다.

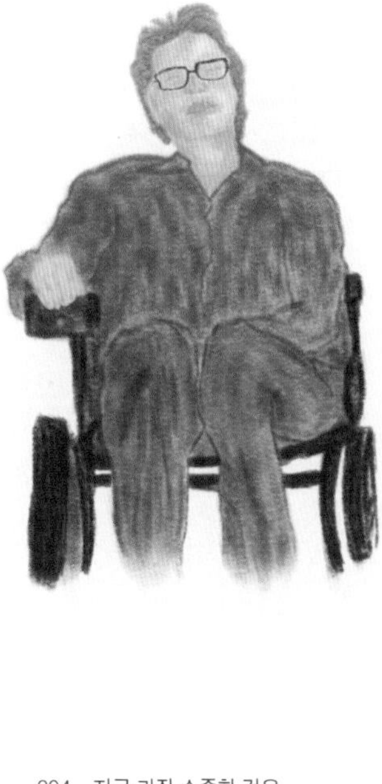

존은 우연히 알코올 중독자 모임에 참석하게 된다. 존의 사연을 듣던 옆 사람

이 웃는다. 존은 발끈한다. 나는 엄마가 원하지 않은 아이로 태어나 버림받고 내내 따돌림당하다가 10대 때부터 술에 의지해 이렇게 처참한 사고까지 당해 이 지경이 되었는데 이렇게 가슴 찢어지고 구구절절한 사연을 듣고 웃어? 중독에서 벗어나기 위한 방법 중에서 자기 연민은 독이었다. 웃었던 사람은 생사를 오가는 심장질환을 겪고 있는 사람이었다. 존은 숙연해진다. 세상에서 내가 제일 불행한 줄 알았지. 겉은 멀쩡해 보이지만 각자 인생 어디 한구석 고장 났다고 스스로 판단한 사람들의 모임이었다. 존은 회복의 단계를 밟아 나간다. 술병을 여전히 놓지 못한 채.

부모에게 사랑받지 못한 자라는 결핍은 평생 괴롭힌다. 지독하게 어미를 증오하고 그리워하던 존은 환영을 본다. 엄마의 손자국이 존의 등을 어루만진다. 그전까지는 멀리서 죽음이 휠체어와 오줌주머니에 의지한 자신에게 손짓하고 있었다. 존은 술을 멀리하기로 한다. 좋아하는 여자 아누(루니 마라)와 재회한다. 건강한 삶을 새롭게 시작하기 위해 노력이란 걸 한다. 상반신으로 할 수 있는 것들 중 카툰이라는 재능을 발굴한다. 인물과 상황을 다룬 한 장면을 펜으로 드로잉하고 위트와 시대를 읽는 관점이 녹아든 대사나 문구를 삽입한다. 화려한 채색은 없어도 신문이나 잡지를 펼치는 누군가를 씩 웃으며 공감대를 형성하는 콘텐츠. 존은 이렇게 자신이 살아나고 있음을 세상에 알린다.

어린아이처럼 들뜨며 지나는 모든 곳의 사람들에게 자신이 하는 일을 알린다. 크고 작고 강연도 맡게 된다. 존은 어느새 다치기 전보다 훨씬 나은 사람처럼 보였다. 자신의 한계를 인정했고 작은 재능을 다듬어 시장성을 인정받고 있었다. 중독 치유 단계의 막바지에 다다르고 있었다. 자신이 상처 준 모든 사람들을 찾아가 용서를 빈다. 그들 대부분 존의 사과를 받아들인다. 그중에는 사고 당시 운전자였던 덱스터(잭 블랙)도 있었다. 당시 덱스터가 운전하던 차가 판단 착오로 들이받아 존의 삶이 이 지경이 된 거였다. 덱스터는 이후 행방을 감췄고 존은 애써 찾지 않았다. 존은 삶을 달관한 표정으로 덱스터를 찾아가 포옹한다. 당혹감을 감추지 못하던 덱스터는 존에게서 시련을 스스로 돌파한 자의 광채를 목격한다. 존은 자신을 버린, 여전히 찾지 못한 엄마까지 용서하기로 한다. 이 과정을 통해 존은 자신을 향한 오랜 증오도 같이 내려놓는다.

부모에게 버림받고 불우한 어린 시절을 겪으며 알코올 중독에 빠진 자의 해피엔딩은 시시하다. 물론 스스로를 향해 권총 방아쇠를 당기며 이야기가 끝나는 걸 바란 것도 아니다. 존의 이야기를 보며 느낀 건, 그래 다들 각각 불행하구나. 장애인이든 비장애인이든, 정부 보조금을 받으며 살든 3대째 막대한 부를 누리며 살든, 깊게 이야기를 듣다 보면 다들 절망 하나쯤은 뒤엉켜서 지내는구나 싶었다. 불행한 사람이 불행한 사람을 괴롭히거나 덜 불행한 사람이 더 불행한 사람에게 인생을 가르치려 들거나. 극적인 클라이맥스 없이, 인생은 대부분 예측 가능한 운명들로 들끓는 도가니처럼 보였다. 존의 자기 연민 배경은 가늠할 수 없을 만큼의 헤어 나오기 힘든 고통이라 여겨졌는데, 간절함이 투영된 엄마의 환영을 본 후 태도가 바뀌었다는 건 너무 동화 같았다. 실제 인물이 소재라서 조심스럽긴 하지만, 결국 존을 바꾼 건 존의 지독한 자기 연민이 아니었나 싶은 것이다. 그렇게 그립던 엄마를 환상으로라도 보고 난 뒤 존의 결핍은 치유의 과정으로 돌아설 수 있게

되었다. 그리워하지 않았다면 보였을 리 없다. 존을 이끈 건 존 자체였다. 버리고 도망간 엄마가 아닌.

타인의 절망은 자주 희망이 된다. 절망에서 허우적거리는 모습이 아닌 희망을 붙잡으려고 아등바등 거리는 모습을 영화로 마주할 때 그제야 절망이 가르쳐주는 것들을 메모하게 된다. 난 같은 상황에서 절대 저럴 수 없다는 것을 아니까. 존에게서는 배울 게 없었다. 절망 속에서도 술병을 끌어안으며 더 깊은 절망을 갈구했던 이가 자신과 세상을 비웃는 방식으로 카툰을 시작했을 때 잠시 반짝였을 뿐. 존은 희망과 의지의 에너지를 만인에게 뿜어내는 슈퍼 히어로가 아니었다. 극단적으로 표현된 것처럼 보였지만 어쩌면, 위기의 순간에 가장 쉽게 쓰러지기 쉽고 나약한 선택을 일삼는 현실의 사람들과 다르지 않았다. 우리들, 아니 내 모습.

이 글을 쓰는 지금 시점(2020년 9월 말)으로, 코로나가 발생한 지 열 달을 지나고 있다. 국내 확진 환자 23,699명, 국내 사망자 407명, 전 세계 확진 환자 32,971,884 전 세계 사망자 996,287명이다. 이 글이 읽히는 시점에 수치는 더 늘어나 있을 것이다. 하나 기묘한 건 변해가는 풍경에 대한 적응과 업데이트되는 뉴스에 반응하는 무뎌진 감각이다. 마치 서로 다른 행성에라도 살고 있듯 관망하며 아무렇지도 않은 듯 숨죽이고 있다. 안도하고 있다. 애써 태연한 척하고 있다. 집단 규율을 어기며 다수에게 위협을 가하는 자들을 비난하고 있다. 일상화된 긴장, 일상화된 공포, 일상화된 마스

크 착용, 어느덧 하루를 보내는 감각이 코로나 이전과 다르지 않게 되었다. 익숙해졌거나 무감각해졌거나. 무의식적인 회피, 스트레스의 무게를 무명의 타인들이 있는 방향으로 떠밀었다. 확진도 사망도 나와 우리의 일이 아니야. 일상을 잠식하는 위기와 위협 앞에서 눈을 질끈 감았다. 집단의 비극 앞에서 도망치려 했던 건 코로나 이전에도 마찬가지였다. 교통사고로 신체가 부서진 후에도 술병을 놓지 않았던 존처럼, 코로나 이후에도 나는 도망치고 있었다. 변하는 건 없다는 믿음 속으로. 나는 괜찮을 거라는 위험하고도 맹목적인 베팅을 걸며.

사람들은 흔히 거대한 사고나 사건을 겪은 후 앞으로의 삶을 위한 새로운 깨달음이나 교훈 등을 찾는다. 마치 그렇게라도 해서 충격을 상쇄하거나 공허감을 조금이나마 메우려는 듯 긍정의 증거들을 수소문한다. 코로나가 사그라들 조짐이 보이지 않는 지금, 지나간 후의 풍경이 그려지지 않는다. 자욱하다. 겨우 짐작되는 건 여전히 고립과 도피 속에서 헤어 나오지 못하는 스스로의 모습이다. 전 지구적 전염병조차도 한 개인의 나약한 껍데기를 개선시키지 못했다. 출처 불분명의 바이러스가 인류의 문명과 역사를 초토화시키고 있지만 난 여전히 과거와 허상에 중독되어 광장의 비극과 원거리를 유지하고 있다는 착각에 빠져있는 중이다. 고난 속에서 배움을 얻지 못하는 자의 영혼은 납작하고 황폐하다. 존은 타인이 아니었다.

김영란

길 위의 길 (시) 외

조선일보 신춘문예 시조 당선(2011) 제주에서 태어나 주구장창 제주에서 살고 있다. 2009년, 2010년 중앙시조백일장 월 장원을 했으며 2011년 조선일보 신춘문예 시조부문에 당선하면서 문단 활동을 본격적으로 시작하였다. 2014년과 2019년에 서울문화재단 창작지원금을 받았고, 오늘의 시조시인상과 가람시조문학 신인상을 수상했다. 시집으로《꽃들의 수사修辭》,《몸 파는 여자》,《누군가 나를 열고 들여다볼 것 같은》이 있다.

너의 눈을 보는 일이 잦아졌다. 그 눈 속에서 나도 만났다. 하루하루 깊어져만 가는 눈 속에 비가 오고 바람이 불고 눈이 내렸다. 머지않은 날에 꽃이 피고 나비가 날기를 바란다. 코를 벌름거리며 혀를 힘차게 튕기며 환하고 밝은 얼굴로 너를 마주하고 두 손 꼭 잡고 싶다.

김현례

만남 (그림)

영국 런던 리치몬드 대학에서 미술을 공부했습니다. 사진도 찍고 그림도 그리고 글을 쓰면서 아이들과 책을 가지고 노는 일을 했습니다. 2016년 께끼도깨비라는 창작동화로 김유정 신인 문학상을 받았습니다. 강아지 코 고는 소리와 보드 타기를 좋아합니다. 쓰고 그린 책으로《나는 나니까》가 있습니다.

운동장에서 아이들이랑 뛰어놀고 목욕탕에 가서 할머니 등을 밀어주고 이웃들과 모여 김치를 담가 먹을 수 있는 날을 기다립니다. 그때가 오면, 아이들 뺨을 비비고 낯선 할머니의 손을 잡고이웃과 만든 김치를 더 많은 곳에 나누겠습니다.

...... (시)

김영란

아프면 아프다고
소리칠 줄 알아야지
그리우면 그립다고
말할 줄도 알아야지
뜬 눈에
사흘 밤 사흘
맨발로
걸어왔네

만남

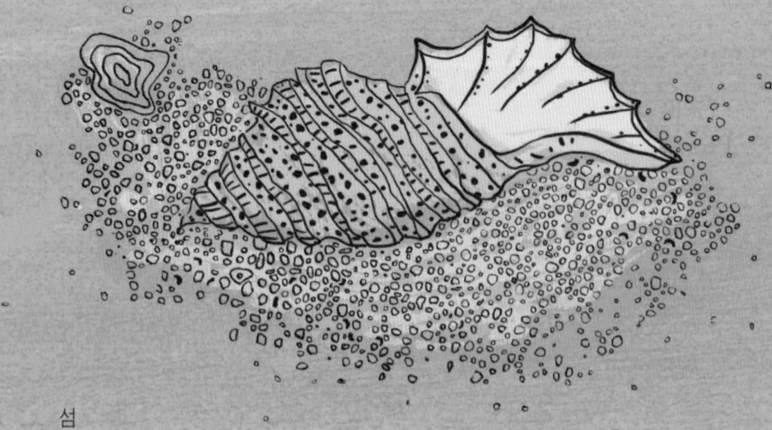

섬

길 위의 길 (시)

김영란

섬일까 바다일까 잠길 듯이 떠 있는
수면 속 어둠들이 다시 빛이 될 때까지
아침은 고요한 속살을 보여주고 싶었다
바닷새 낡은 깃털 비릿한 길을 따라
누군가 걸어갔을 길 위의 길이 있다
목이 긴 비밀이 되어 바라보는 섬 위의 섬
하루에도 수십 번 떼를 지어 날아오던
그 길에 내가 섰다 무채색 그림자로
누구나 마음속에는 새가 가는 길이 있다

마음의 벼랑 (시)

- 잔느에게

김영란

바람이 불고 있다 반쯤 젖는 그녀 가슴
꽃 피는 들길 따라 닿고 싶은 지상의 빛
눈 없는 그 여인에겐 눈동자가 있었네.
만나고 헤어짐도 썰 밀물 오가듯이
역광 속 에스키스 빛나는 시간 사이
목이 긴 삶의 흔적이 길 하나를 만든다
흔들리는 사랑 앞엔 오차도 잴 수 없어
비워둔 괄호처럼 뼈만 남은 영혼 위에
두고 온 세상 한쪽이 은빛으로 반짝인다

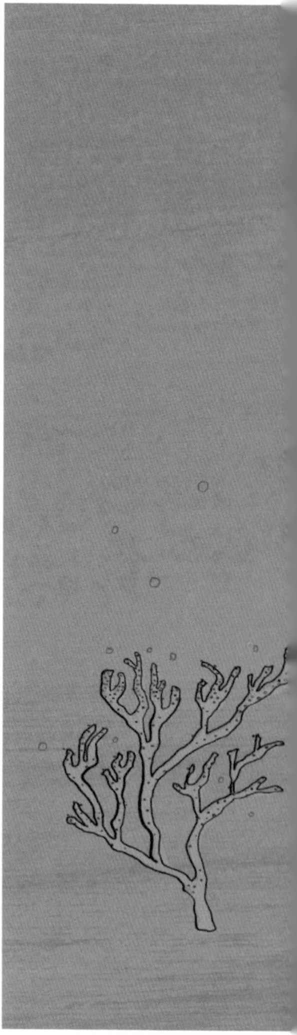

*잔느 : 화가 모딜리아니의 부인 이름

집

3부

다시 힘을 내요

당신이 희망입니다

꿈꾸는 스케치북 어린이작가들

박서윤 화계초등학교 2학년

언니와 마주보고 있으면 거울을 보는 것 같을 때가 있어요. 주변사람들이 항상 쌍둥이냐고 물어봐요. 너무 자주 있는 일이지요.

이채현 화계초등학교 2학년

미후는 나의 베스트프렌드예요. 코로나 때문에 학원도 못 가고 만나지 못해 속상해요.

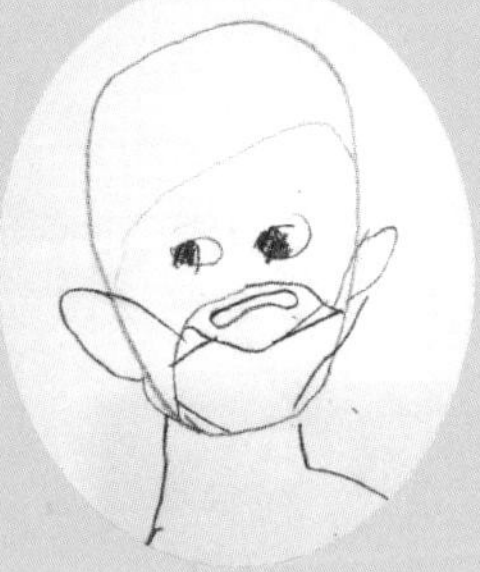

이승민 화계초등학교 2학년

나는 월E 박사!!
제일 좋아하는 영화예요.
밖에 나가지 못하고 집에 있는 동안 스케치북 4권에 매일 월E의 장면을 그렸어요

정하율 화계초등학교 3학년

할머니가 무릎수술을 하셨어요. 아무에게도 말은 안 했지만 할머니가 건강하시면 좋겠어요. 우리 가족이 모두 건강하고 행복했으면 좋겠어요.

김주혁 화계초등학교 6학년

코로나 때문에 아무것도 할 수가 없다!
사라져라 코로나!

황정원 광운초등학교 3학년
코로나 때문에 학교를 가지 않으니 재미가 없어요. 빨리 학교에 가고 싶어요. 친구들과 함께 축구를 다시 하고 싶어요.

김민정 화계초등학교 4학년
코로나 바이러스가 빨리 사라졌으면 좋겠어요. 어린 동생도 있는데 너무 걱정이 되고 엄마 아빠도 힘들다고 하셨어요.

김천명 화계초등학교 4학년
나는 그림 그리는 것을 좋아해요. 선생님은 색채 감각이 좋다고 하셨어요. 나는 2학년 때 만든 내 책 '악당을 물리치는 건담이야기'를 가장 소중하게 생각해요

김보민 화계초등학교 4학년
나는 만들기 공작을 좋아해요. 엄마를 닮아 손재주가 좋대요

김채린 화계초등학교 6학년
나는 어디서 왔을까? 죽음은 무엇일까? 궁금하고 그래요. 사춘기 어디쯤이래요.

김보민

이승민

김채린

코로나에 우리는, 나는 ……
이랬다.

이채현

박서윤

정하율

김민정

코로나를 끝내기 위해서,
우리는……

정하율

박서윤

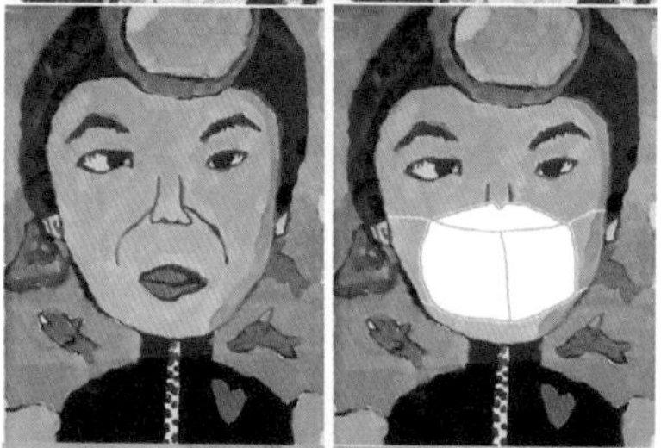
김천명

김민정

이채현

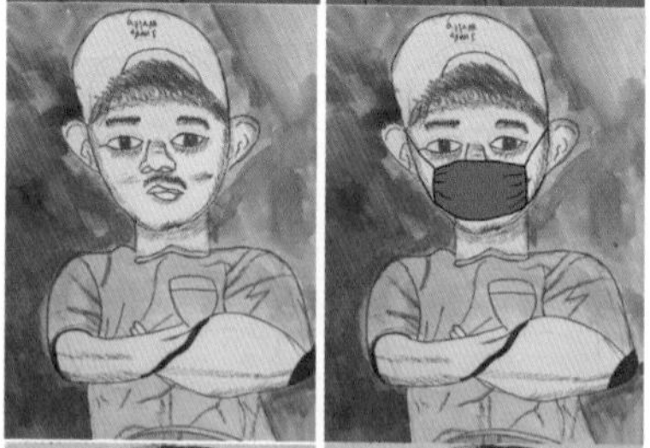
황정원

김주혁

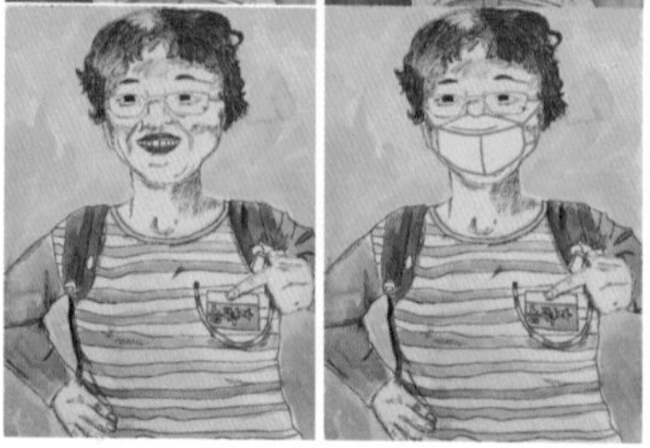
김채린

백신
백신
정하율
코로나 19
백신
마스크에서 해방
깨끗하게 손씻기.
마스크 착용 하기
공포
COVID
19
손소독
손씻기
와 손소독은 필수!
의사 선생님
감사 해요
코로나 19
이겨내자
필승 코리아

축하~ 축하~

축하~코로나 종식 파티~

지구에서 우주에서, 어떠한 곳에서도
코로나바이러스는 발견되지 않았다.
완전히 사라진 것이다. 모든 것이 정상으로 돌아왔다.

일상을 즐겨요~

코로나가 끝났어요
모두 나오세요
우리 모두 손에 손잡고
얼굴을 마주하고 입을 크게 벌려 웃으며
목청껏 노래도 하고 이야기도 해요
모두 모두 나오세요. 모두 모두 모이세요~

모이면 더 즐거워요

매점
입구

소중한 님께

당신이 주인공
당신이 희망입니다

당신이 희망입니다

당신이 희망입니다

지금 가장 소중한 것은

초판 1쇄 발행 2021년 3월 25일

지은이 강은교 외 33인
펴낸이 노용제

기획 편집 정은출판 편집부
일러스트 김준건 외 42인
펴낸 곳 정은출판
주 소 서울특별시 중구 창경궁로 1길 29 (3F)
전 화 02-2272-8807
팩 스 02-2277-1350
전자우편 rossjw@hanmail.net
출판등록 2004년 10월 27일 (제301-2011-008호)
홈페이지 www.je-books.com

ISBN 978-89-5824-428-8 (03810)